첫사랑 · 짝사랑

세계교양전집 8

첫사랑·짝사랑

이반 투르게네프 지음

윤영 옮김

올리버

이반 세르게예비치 투르게네프 Иван Сергеевич Тургенев

• 차례 •

첫사랑   7

짝사랑   119

작가 연보   207

첫사랑

손님들은 이미 오래전에 사라졌다. 시계는 열두 시 반을 가리 켰다. 주인을 제외하곤 세르게이 니콜라예비치와 블라디미르 페트로비치 말고는 아무도 남아 있지 않았다. 주인은 종을 울려 하인을 부르더니 남은 저녁 식사를 치우라고 시켰다.

"그럼 다들 동의한 겁니다." 그가 안락의자에 편안하게 자리를 잡더니 담배에 불을 붙이며 말했다. "각자 첫사랑 이야기를 하는 겁니다. 당신부터 시작하시죠, 세르게이 니콜라예비치."

통통하고 작은 키에 피부가 하얀 세르게이 니콜라예비치가 주인을 바라보더니 이내 천장으로 눈길을 돌렸다. "저에겐 첫사랑이 없습니다." 그가 드디어 입을 뗐다. "두 번째 사랑부터 시작했거든요."

"그게 무슨 소리죠?"

"아주 간단합니다. 내가 어떤 매력적인 여인에게 처음으로 구애했던 때가 열여덟 살이었습니다. 하지만 저는 아무것도 새로울 게 없다는 듯 행동했고, 그 이후에 다른 사람과 사랑을 나눌 때도 마찬가지였습니다. 솔직히 여섯 살 때 유모에게 사랑에 빠진 게 내 처음이자 마지막 사랑이었습니다. 하지만 너무 오래전인데다 우리 관계의 세세한 것들이 기억에서 다 사라졌습니다. 제가 기억한들 과연 누가 관심이나 가져줄까요?"

"그럼 어떡하죠?" 주인이 말했다. "제 첫사랑에도 재미있는 점은 하나도 없거든요. 지금의 아내, 안나 이바노브나를 만나기 전까지는 사랑에 빠진 적이 없고, 우리의 사랑은 첫 만남부터 순조롭게 진행되었거든요. 부모님이 우리를 맺어주었고, 우리 역시 금방 서로를 좋아하게 되었으며, 지체 없이 결혼을 했지요. 내 이야기는 간단하게 몇 마디로 다 끝납니다. 신사 여러분, 저는 여러분에게 첫사랑에 대한 질문을 하면서 솔직히 기대를 좀 했습니다. 여러분이, 그리 늙은 건 아니지만, 아직 어린 미혼남들도 아니지 않습니까? 당신이라면 흥미로운 이야깃거리가 있겠지요, 블라디미르 페트로비치?"

희끗희끗한 검은 머리에 마흔 살 정도 된 남자, 블라디미르 페트로비치가 말했다. "제 첫사랑은 솔직히 약간 특이했어요."

"하!" 주인과 세르게이 니콜라예비치가 동시에 외쳤다. "그러면 더 좋죠…. 어서 들어봅시다."

"좋아요…. 아, 아닙니다. 전 제 이야기를 잘 못 하겠어요, 제가 말주변이 없거든요. 무미건조하게 짧게 끝나거나 중언부언하면서 늘어질 게 분명합니다. 그래서 말인데, 여러분이 괜찮다면 내가 기억하는 걸 모두 공책에 적었다가 나중에 다시 읽어드리도록 하지요."

두 사람은 처음엔 반대했지만, 결국 블라디미르 페트로비치의 뜻대로 하게 되었다. 그들은 이 주 후에 다시 만났고, 블라디미르 페트로비치는 약속을 지켰다.

다음은 그가 읽어준 내용이다.

1

당시 나는 열여섯 살이었다. 내가 말하려는 것은 1833년 여름 동안에 있었던 일이다.

나는 부모님과 모스크바에 살고 있었다. 부모님은 교외에 집을 빌렸는데, 네스쿠치느이 공원 맞은편, 칼루가 관문이 있는 곳이었다. 나는 대학에 들어가기 위해 공부를 하고 있었지만, 결코 무리해서 열심히 하진 않았다.

나는 완벽한 자유를 즐겼고, 특히 마지막 가정교사가 그만두고 난 뒤로는 내 마음 가는 대로 행동했다. 프랑스인 가정교사는 자신이 폭탄처럼 갑자기 러시아에 던져졌다는 생각을 버리지 못한 채 하루 종일 반항적인 모습으로 침대에 늘어져 있었다. 아버지는 너그러운 무관심으로 나를 대했다. 어머니는 나에게 거의 관심이 없었다. 나 말고 다른 자녀가 있는 것도 아니었는데 말이다. 여전히 젊고 잘생겼던 아버지는 어머니의 돈 때문에 결혼을 했고, 나이도 어머니가 열 살 연상이었다. 어머니는 우울한 삶을 살았다. 늘 불안해하고 질투를 했으며 기운이 없었다. 대신 아버지 앞에서는 조금도 티를 내지 않았다. 어머니는 아버지에게 대단한 경외감을 느꼈고, 아버지는 엄격한 태도로 냉정하게 행동했다. 난 아버지만큼 절묘하게 세련된 사람, 이만큼 자신감 넘치고 도도한 사람을 본 적이 없었다.

그 집에서 보낸 처음 몇 주를 절대 잊지 못할 것이다. 우리가 이사를 했던 때가 5월 9일, 성 니콜라스 축일이었기 때문이다. 날씨는 완벽했다. 나는 별장 정원과 네스쿠치느이 공원을 산책했고, 때때로 도시 경계 너머에까지 가서 돌아다녔다. 나는 보통 카이다노프의 《역사》 같은 책을 가지고 다녔지만 펼쳐보는 일은 거의 없었다. 오히려 시를 낭독하는 데 열중했다. 왜냐하면 나는 기억력이 매우 좋았기 때문이다. 당시 나는 피가 끓어올랐고 낯설고도 강렬한 통증에 심장이 아프곤 했다. 나는 끊임없이 무언가를 기대했고, 두려워했으며, 모든 것을 경이로워했고, 그 무엇이라도 할 준비가 되어 있었다. 새벽녘 종탑 위를 날아다니는 칼새처럼, 나의 상상력은 늘 한 가지 생각 주변을 맴돌았다. 나는 공상에 빠졌고, 우울해졌으며, 때로는 눈물까지 흘렸다. 하지만 듣기 좋은 음악 소리나 저녁 무렵의 아름다움 때문에 눈물을 흘리고 갑작스럽게 슬퍼하면서도, 사납게 요동치며 들끓는 젊은 생명의 기분 좋은 감각이 봄날 흙을 뚫고 이파리를 틔우는 새잎처럼 생생하게 돋아나왔다.

나에게는 조랑말 한 마리가 있었다. 직접 안장을 얹어 멀리까지 타고 나가기도 했는데, 조랑말을 타고 전속력으로 달리다 보면 나 자신이 마상 시합에 출전한 기사처럼 느껴졌다. (획획 귓가를 스치는 바람이 얼마나 기운차던지!) 하늘을 향해 고개를 들면 모든 걸 다 받아들이는 내 영혼이 환한 빛과 파란색을 다 흡수할 것만 같았다.

내 기억에 여자의 이미지, 여자의 사랑에 대한 희미한 환영이 내 마음속에 또렷하게 구체화된 적은 거의 없었던 것 같다. 하지만 내가 생각하거나 느끼는 모든 것에는 뭔가 새롭고, 형언할 수 없을 정도로 달콤한, 한마디로 여성적인 무언가에 대한 어렴풋하고 수줍은 예감이 숨어 있었다.

이 예감, 이 끊임없는 기대감은 내 존재 전체에 스며들었다. 나는 그것을 호흡했고, 핏줄을 타고 온몸을 흐르는 내 피 한 방울, 한 방울에서까지 그것을 느꼈다…. 그리고 이내 그것은 실현될 운명이었다.

우리 시골집의 본채는 기둥이 있는 목조건물이었고, 지붕이 낮은 별채가 따로 두 개 있었다. 왼쪽에 있는 별채에는 싸구려 벽지를 생산하는 작은 공장이 자리 잡고 있었다. 나는 종종 그곳에 들러 비쩍 마르고 꾀죄죄하며 얼굴이 누렇게 뜬 소년 열두어 명이 지저분한 작업복을 입고 일하는 모습을 구경하곤 했다. 소년들이 나무 지렛대 위에서 뛰어 인쇄기의 직사각형 틀을 누르면 그 보잘것없는 몸무게 덕분에 종이에 촌스러운 무늬가 찍혀 나왔다. 오른쪽 별채는 비어 있어서 세를 내놓은 상태였다. 어느 날, 5월 9일로부터 삼 주 정도가 지났을 때, 별채 덧문이 벌컥 열리며 창문으로 여자들의 얼굴이 보였다. 한 가족이 그 별채에 들어온 것이었다. 그날 저녁 식사 시간, 어머니가 집사에게 새 이웃이 누구인지 물어보았던 기억이 난다. 그리고 자세키나 공작 부인이라는 이름을 듣자마자, 어머니가 그 어떤 존경심도 보이지 않은 채 대뜸 이렇게 이야기했던 기억도 난다. "아, 공작 부인… 아마도 돈에 쪼들리나 보군."

"짐마차 세 대로 이사를 했습니다." 집사가 테이블 위에 조심스럽게 접시를 내려놓으며 말했다. "자기들 소유의 마차는 없었습니다. 가구도 굉장히 싸구려처럼 보였고요."

"그렇군." 어머니가 말했다. "어쨌든 나야 반갑네…."

아버지가 어머니에게 싸늘한 눈빛을 던졌고, 어머니는 더 이상 아무 말도 하지 않았다.

실제로 자세키나 공작 부인이 부유한 여자일 리 없었다. 그녀가 빌린 별채는 금방이라도 무너질 것 같았는데, 작고 천장도 낮아서, 아무리 풍족하지 않은 가족이라도 만족하며 살 수가 없는 곳이었다. 하지만 당시 나는 그 대화에 크게 주의를 기울이지 않았다. 공작 부인이라는 지위도 내게 큰 인상을 주지 못했다. 얼마 전에 실러의 《도적 떼》를 읽었기 때문이다.

2

나는 매일 저녁 까마귀를 잡을 수 있으리라는 희망을 품은 채 총을 가지고 정원을 산책하곤 했다. 나는 오래전부터 이 엉큼하고 교활한 포식자를 증오해왔다. 내가 말하는 바로 그날도 평소처럼 밖으로 나와 별 보람 없이 좁은 길 구석구석을 쏘다니다가,(까마귀들은 나를 발견하고는 멀리서 깍깍 소리만 질러댔다.) 우리 집 정원과 오른쪽 별채 너머 좁다란 정원 사이에 있는 낮은 울타리 가까이에 접근하게 되었다. 눈을 내리깔고 걸어서 지나가는데 갑자기 사람 목소리가 들렸다. 나는 울타리 너머를 흘깃거리다가 겁에 질린 듯 우뚝 멈춰 섰다. 눈앞에 이상한 광경이 펼쳐지고 있었기 때문이다.

몇 발짝 떨어진 곳, 초록 라즈베리 덤불 사이 공터에 분홍색 줄무늬 드레스를 입고 머리에는 하얀 손수건을 두른 키 크고 호리호리한 아가씨가 서 있었다. 그녀 주위에는 네 명의 젊은 남자들이 그녀를 둘러싸고 있었고, 그녀가 회색빛이 나는 파란 꽃, 이름은 모르겠지만 아이들에게는 익숙한 꽃으로 그 남자들의 이마를 차례로 때리고 있었다. 꽃잎이 조그만 주머니처럼 생겨서 단단한 표면에 부딪힐 때마다 퍽 소리를 내며 꽃이 터졌다. 젊은이들은 열정적으로 자기 이마를 내밀었다. 아가씨의 몸동작에는(내게는 옆모습만 보였다.) 고압적이면서도 매력적이고 비웃는 듯 하면서도 마음을 끄는 느낌이 있어서, 하마터면 경이로움과 기쁨으로 인해 소리를 지를 뻔했다. 저 앙증맞은 손가락에 이마를 맞을 수 있다면 무슨 짓이라도 할 것 같은 기분이었다. 들고 있던 총이 풀밭 위로 미끄러져 떨어질 만큼 나는 넋을 잃고 말았다.

오로지 날씬한 허리, 우아한 목, 아름다운 팔, 하얀 손수건 아래로 보이는 살짝 부스스한 머리카락, 긴 속눈썹 때문에 반쯤 가려진 총명한 눈, 그 아래 연약한 뺨에만 관심을 쏟고 있었다….

"젊은이, 어이, 젊은이!" 귓가에 목소리가 들려왔다. "낯선 숙녀를 그렇게 쳐다보다니, 그래도 되는 건가요?"

나는 놀라서 아무 말도 못 했다. 울타리 반대편, 바로 인접한 곳에서 짧고 검은 머리의 남자가 빈정대는 눈빛으로 나를 바라보고 있었던 것이다. 바로 그 순간 아가씨가 나를 향해 고개를 돌렸다. 생기 넘치고 명랑해 보이는 얼굴에 자리 잡은 커다란 회색 눈이 보였다. 곧이어 그녀가 갑자기 웃음을 터트렸고, 그러자 하얀 치아가 환하게 빛나고 눈썹이 우스꽝스러운 모양으로 치켜 올라갔다…. 얼굴이 빨개진 나는 얼른 총을 집어 들고, 시끄럽지만 결코 쌀쌀맞지 않은 웃음소리를 뒤로한 채 내 방으로 달려 들어갔다. 심장이 거칠게 뛰었다. 부끄러우면서도 한편으로는 행복했다. 이렇게 흥분된 기분은 처음이었다.

잠시 휴식을 취한 나는 머리를 빗고 코트를 솔질한 다음 차를 마시러 내려갔다. 계속해서 그 아가씨의 모습이 눈앞에 아른거렸다. 비록 더 이상 심장이 거칠게 뛰지는 않았지만 이따금 불쑥불쑥 예리한 통증이 느껴졌다.

"무슨 일이지?" 아버지가 느닷없이 물었다. "까마귀를 잡기라도 한 거냐?"

나는 아버지에게 모든 걸 말하고 싶었지만 꾹 참고 그저 비밀스러운 미소를 지어보였다. 잠들기 전 나는 무슨 이유에서인지 제자리에서 두세 바퀴를 빙글 돌았고, 머리에 포마드를 바른 뒤 밤새 단잠을 잤다. 새벽 무렵 잠시 깼지만 고개를 들어 기쁜 표정으로 주위를 둘러본 후, 다시 잠에 빠져들었다.

3

"그 사람들과 어떻게 하면 친해질 수 있을까?" 산책하며 처음 든 생각이었다. 나는 아침도 먹기 전에 정원으로 갔다. 하지만 울타리 가까이 가볼 엄두는 내지 못했기에 아무도 보지는 못했다. 아침을 먹은 나는 그 집 앞으로 난 길을 괜히 왔다 갔다 하면서 멀리서 창문 안을 들여다보았다…. 한 차례 커튼 뒤로 그녀의 얼굴을 본 것 같기도 했지만 놀라서 물러났다. "하지만 그녀와 친해져야 하는데….." 나는 네스쿠치느이 공원 앞, 쭉 뻗은 모래밭을 서성이며 생각했다. "하지만 어떻게? 그게 문제로군." 나는 어제 그녀와의 만남에 대해 아주 사소한 사항까지 다 기억해냈다. 그중에서도 그녀가 나를 보고 웃는 모습이 가장 선명하게 남아 있었다. 그러나 내가 초조해하며 계획을 세우는 동안에도 운명은 이미 나를 위해 바쁘게 움직이고 있었다.

내가 집을 비운 사이, 어머니는 새로운 이웃에게서 편지를 받았다. 회색 종이에 글을 쓰고 우편환 또는 싸구려 와인 병에나

사용할 것 같은 짙은 색 밀랍으로 봉인한 편지였다. 공작 부인은 세련되지 못한 손글씨에 문법도 엉망인 편지로 어머니에게 자기 대신 영향력을 발휘해달라고 간청하고 있었다. 공작 부인 말로는 지금 본인이 중요한 소송에 걸려 있는데, 자신과 아이들의 운명을 좌우할 수 있는 영향력 있는 특정 인물과 우리 어머니가 친한 사이라는 것이었다. "곱게 자란 부인으로서 역시나 곱게 자란 분께 간곡히 청합니다." 그녀는 이렇게 썼다. "동시에 이런 기회를 얻게 되어 기쁩니다." 그녀는 어머니에게 초대를 받고 싶다는 요청으로 편지를 마무리했다. 내가 보기에 어머니는 기분이 굉장히 나빠 보였다. 아버지가 집을 비웠기에 조언을 구할 사람도 없었다. '곱게 자란 부인'에게, 그것도 공작 부인에게 답장을 하지 않는다는 건 말이 안 되는 일이었지만, 과연 어떻게 답장해야 할지 어머니는 잘 알지 못했다. 프랑스어로 쓰는 것이 바람직하지 않은 것 같았지만 러시아어 철자에도 자신이 없었다. 어머니도 그 사실을 알고 있었기에 자신의 실력이 드러나는 걸 꺼렸다. 그리하여 어머니는 내가 집에 돌아오자 기뻐하면서 당장 공작 부인에게 가서 말을 전하라고 시켰다. 어머니께서는 공작 부인의 부탁을 어떤 방법을 써서라도 기꺼이 들어주실 것이며, 열두 시부터 한 시 사이에 부인을 맞이할 준비가 되어 있다는 내용이었다. 나의 비밀스러운 바람이 이런 식으로 예상치 못하게 빨리 실현되자 매우 기쁘면서도 동시에 놀랍기도 했다. 하지만 나는 내가 느끼는 당혹감을 겉으로 티 내지 않고, 새 넥타이를 매고 프록코트를 입을 생각에 내 방으로 올라갔다. 옷깃을 위로 접어 젖힌 재킷을 너무 싫어했지만 집에서는 그걸 입어야만 했다.

4

별채의 허름하고 비좁은 현관에 들어서자 온몸이 떨려왔다. 나는 나이 많은 백발의 남자 하인과 마주쳤다. 짙은 구릿빛 피부, 뚱한 표정, 돼지를 닮은 눈을 가진 그는 눈썹과 관자놀이에 여태 한 번도 본 적이 없는 깊은 주름이 패어 있었다. 먹다 남은 염장 청어가 놓여 있는 접시를 손에 든 그가 발로 방문을 닫으며 퉁명스럽게 물었다.

"무슨 일입니까?"

"자세키나 공작 부인이 집에 계시는지요?" 내가 물었다.

"보니파티!" 문 뒤쪽에서 카랑카랑한 여자 목소리가 들렸다.

하인이 아무 말 없이 홱 돌아서자, 그가 입은 낡은 제복의 등판이 드러났다. 문장이 찍혀 있는 녹슨 단추 하나가 등을 장식하고 있었다. 그는 접시를 바닥에 내려놓은 채 안으로 들어갔다.

"경찰서에 다녀왔어?" 그 떨리는 목소리가 물었다. 하인이 무어라 중얼중얼 대답을 했다. "뭐라고? 누가 날 만나러 왔다고? 옆집에 사는 청년? 어서 들어오라고 해."

"응접실로 들어오시지요." 다시 나타난 하인이 바닥에 내려놓은 쟁반을 집어 들며 말했다. 나는 넥타이를 매만진 뒤 '응접실'로 들어갔다.

내가 들어간 곳은 아주 깔끔하지는 않은 작은 방으로 허름한 가구를 급히 가져다놓은 것 같은 느낌이 들었다. 창가에는 팔걸이가 부러진 안락의자가 있었고, 거기에 쉰 살 남짓한 평범한 얼굴의 여자가 앉아 있었다. 모자는 없이 낡은 초록색 드레스를 입고 목에는 털실로 짠 촌스러운 스카프를 두르고 있었다. 그녀의 작고 까만 눈이 나에게 고정되었다.

나는 그녀에게 다가가 고개 숙여 인사를 했다.

"자세키나 공작 부인과 이야기를 나눌 수 있을까요?"

"내가 자세키나 공작 부인이에요. 당신은 V씨의 아들인가요?"

"네, 맞습니다. 어머니가 보내신 전갈을 가지고 왔습니다."

"앉으시지요. 보니파티, 내 열쇠 어디 있지? 내 열쇠 못 봤어?"

나는 자세키나 공작 부인에게 편지에 대한 어머니의 답변을 전했다. 그녀는 두툼하고 불그스름한 손가락으로 창턱을 두드리면서 내 이야기를 듣더니, 내가 이야기를 끝내자 다시 나를 빤히 쳐다보았다.

"아주 좋아요. 꼭 방문하도록 하죠." 마침내 그녀가 말했다. "아주 어려 보이는군요! 나이가 어떻게 되시는지?"

"열여섯입니다." 내가 더듬거리며 대답했다.

공작 부인은 빽빽하게 글자가 쓰여 있는 반질거리는 종이를 주머니에서 꺼내더니 눈앞에 가까이 들고 살펴보기 시작했다.

"아주 좋은 나이군요." 그녀가 의자에 앉은 채로 꼼지락거리다 불쑥 말했다. "여기선 그렇게 격식을 차릴 필요가 없어요. 우린 매우 소박하게 지낸답니다."

'과하게 소박하군.' 난 속으로 이렇게 생각하며 볼품없는 그녀를 향해 본능적으로 역겨움의 눈빛을 보냈다.

바로 그때 응접실 반대편 문이 벌컥 열리더니 전날 보았던 아가씨가 문간에 나타났다. 그녀가 한 손을 들어보였고, 입가에 미소가 스쳐 지나갔다.

"제 딸입니다." 공작 부인이 문 쪽을 팔꿈치로 가리키며 말했다. "지나, 이웃집 V씨의 아드님이시다. 실례지만 성함이?"

"블라디미르입니다." 내가 자리에서 일어나며 대답했다. 흥분해서 말을 더듬거릴 정도였다.

"성은요?"

"페트로비치입니다."

"어머나! 내가 아는 경찰 서장도 이름이 블라디미르 페트로비치랍니다. 열쇠는 안 찾아도 되겠어, 보니파티. 내 주머니에 있네."

어린 아가씨는 눈을 살짝 가늘게 뜨고 머리를 한쪽으로 기울인 채 비웃는 듯한 미소를 지으며 나를 계속 쳐다보았다.

"저는 무슈 볼데마르라는 분을 만난 적이 있어요." 그녀가 입을 열었다. (그녀의 낭랑한 목소리에 온몸에 전율이 일었다.) "그렇게 세례명으로 불러도 괜찮으시죠?"

"그럼요, 물론입니다!" 내가 더듬거리며 대답했다.

"어디서 그런 사람을 만났다는 거니?" 공작 부인이 물었지만 아가씨는 자기 어머니의 질문에 대답을 하지 않았다.

"지금 할 일이 있으신가요?" 그녀가 내게서 눈을 떼지 않고 물었다.

"아니요, 없습니다!"

"그럼 털실 감는 걸 좀 도와주시겠어요? 이리 오세요."

그녀는 고개를 까딱하더니 응접실을 나섰다. 나는 그녀를 쫓아갔다.

이번에 들어간 방은 가구가 덜 허름했고, 배치에도 좀 더 신경을 쓴 느낌이 들었다. 사실 그 순간 내가 뭔가를 알아차릴 상태는 아니었다. 나는 마치 꿈속에서처럼 움직였다. 아무런 생각도 하지 못할 정도로 치달아오른 행복감이 내 팔다리에도 영향을 끼친 모양이었다.

공작 부인의 딸은 자리에 앉아 빨간 털실 뭉치 하나를 꺼내더니 반대편 의자를 가리켰다. 그리고 앞으로 뻗은 내 손에다 털실을 조심스럽게 풀었다. 그녀는 이 모든 과정을 아무 말 없이 했다. 살짝 벌어진 입술에 평화로운 미소를 띤 채 유쾌하고 한가로운 분위기를 풍기며 말이다. 그녀는 반으로 접은 카드에다 털실을 감기 시작했다. 그러다 갑자기 나를 향해 밝고 빛나는 시선을 던지면 나는 나도 모르게 눈을 내리깔았다. 이내 내리깔고 있던 눈을 순간적으로 크게 뜨니, 그녀의 얼굴이 완전히 달라 보였다. 이목구비가 갑자기 환하게 빛나는 느낌이었다.

"어제 나를 보고 무슨 생각을 하셨는지 궁금해요, 무슈 볼데마르?" 그녀가 정적을 깨고 말했다. "나를 완전히 못마땅해하는 것 같던데요."

"저는… 그런 생각을 한 적이 없습니다…. 제가 어떻게 그러나요?" 내가 당황해서 대답했다.

"날 봐요!" 그녀가 말했다. "당신은 날 아직 모르겠지만 나는 이상한 사람이에요. 난 모든 사람들이 내게 진실을 말했으면 좋겠어요. 아까 듣자 하니 열여섯이라더군요. 난 스물한 살이에요. 내가 나이가 더 많죠. 그러니 당신은 내게 진실만 말해야 해요… 그리고 내가 시키는 대로 해야 하고요." 그녀가 덧붙였다. "날 봐요. 왜 내 얼굴을 보지 않는 거죠?"

나의 당혹감은 훨씬 더 커졌지만, 그래도 눈을 들어 그녀를 바라보았다. 그녀가 미소를 지었다. 하지만 조금 전과는 달리 이번에는 호의적인 미소였다.

"그래요, 계속 날 봐요!" 그녀가 목소리를 낮춰 말했다. "계속 봐도 난 괜찮아요. 당신 얼굴이 마음에 들어요. 왠지 우리는 친구가 될 것 같은 느낌이 들어요. 내가 마음에 드나요?" 그녀가 장난스럽게 물었다.

"아가씨…." 내가 말했다.

"우선 나를 지나이다 알렉산드로브나라고 불러요. 그리고 난 어린애가… 아니 젊은이가." 그녀가 고쳐 말했다. "자신의 생각을 솔직하게 말하지 않는 걸 참을 수가 없어요. 그런 건 어른들

첫사랑

이나 하는 짓이죠. 당신은 나를 좋아해요, 그렇죠?"

그녀의 솔직함이 기쁘기도 했지만, 다소 기분이 상하는 것도 어쩔 수 없었다. 나는 그녀가 어린아이를 상대하는 게 아니라는 걸 보여주고 싶어서, 신중하지만 친숙한 태도를 취하려고 애쓰며 말했다.

"당신을 정말 좋아합니다, 지나이다 알렉산드로브나. 당연하지요, 사실을 숨길 생각은 추호도 없어요…"

그녀는 나를 보며 천천히 고개를 저었다.

"가정교사가 있나요?" 그녀가 갑자기 물었다.

"아니요, 오랫동안 가정교사 없이 지내고 있습니다." 사실 이건 거짓말이었다. 프랑스인 가정교사가 그만둔 지 채 한 달도 되지 않았기 때문이다.

"오, 꽤나 어른이라 할 수 있겠네요."

그녀가 내 손가락을 가볍게 톡톡 쳤다. "팔을 쭉 뻗어요!" 그러고는 열심히 털실을 감기 시작했다.

그녀가 일에 열중해 나를 보지 않는 틈을 타서 나는 계속해서 그녀를 살폈다. 처음에는 남모르게 하다가, 갈수록 점점 더 대담해졌다. 그녀의 얼굴은 어제 보았던 것보다 훨씬 더 매력적으로 보였다. 이목구비가 너무나 섬세하고, 너무나 총명해 보였으며, 너무나 고와 보였다. 그녀는 하얀 커튼이 달린 창을 등지고 앉아 있었다. 커튼을 뚫고 들어온 햇살이 그녀의 솜털 같은 금발 머리, 순결한 목덜미, 처진 어깨, 부드럽고 차분한 가슴을 은은하게 비추었다. 자꾸 그녀를 바라보다 보니 그녀가 어찌나 친밀하고 가깝게 느껴지던지! 난 그녀를 오랫동안 알고 지낸 것 같은 느낌이 들었다. 그녀를 만나기 전에는 아무것도 몰랐던 것처럼, 아예 살아 있지도 않았던 것처럼 느껴졌다…. 그녀는 다소 낡은 짙은 색 드레스를 입고 앞치마를 하고 있었다. 이 드레스와 앞치마의 모든 주름을 쓰다듬고 싶다는 생각이 들었다. 드레스 밑으로 신발 앞코가 삐죽 튀어나와 있었다. 경배하는 마음으로 저 신발 앞에 무릎이라고 꿇을 수 있을 것 같았다…. "내가 여기 그녀 앞에 앉아 있다니…" 나는 혼잣말을 했다. "그녀와 아는 사이가 되다니… 맙소사, 이렇게 기쁜 일이!" 나는 황홀감에 자리에서 벌떡 일어날 뻔했지만 곧바로 스스로를 단속했다. 그리고 맛있는 걸 얻어먹은 어린아이처럼 발만 이리저리 움직였다.

나는 물을 만난 고기처럼 편안했다. 그리고 그 방, 그 의자에 영원히 머물 수 있기를 바랐다.

내리깔고 있던 눈꺼풀을 조용히 들어올리자, 그녀의 빛나는 눈이 다시 나를 향해 친절하게 빛을 발했고, 그녀는 미소를 지었다.

"왜 그렇게 나를 쳐다보시나요?" 그녀가 나를 향해 손가락을 흔들며 천천히 말했다.

나는 얼굴이 새빨개졌다. '그녀는 모든 걸 알고 있구나, 모든 걸 보고 있어.' 나는 속으로 생각했다. '어떻게 모든 걸 보고 모든 걸 다 아는 걸까?'

갑자기 옆방에서 소리가 들려왔다. 칼이 철컥대는 소리였다.

"지나!" 응접실에서 공작 부인이 소리쳤다. "벨로브조로프 씨가 아기 고양이를 데려왔다."

"아기 고양이라니!" 지나이다가 외쳤다. 그녀는 의자에서 벌떡 일어나더니 털실 뭉치를 내 무릎 위에 던져버리고 방을 뛰쳐나갔다.

나도 일어나서 털실을 창턱에 올려놓고 응접실로 걸어갔다. 그리고 깜짝 놀라 우뚝 멈춰 섰다. 응접실 한가운데에 네 발을 쭉 뻗은 통통한 아기 고양이가 누워 있었던 것이다. 지나이다는 그 앞에 무릎을 꿇고 앉아서 아기 고양이의 머리를 조심스레 들어 올렸다. 늙은 공작 부인 옆에는 창문과 창문 사이의 공간을 거의 다 차지하고 있는 건장한 젊은이가 있었다. 곱슬곱슬한 금발에 불그레한 얼굴, 툭 튀어나온 눈을 가진 경기병이었다.

"어머, 작고 귀여워라!" 지나이다가 노래하듯 소리쳤다. "눈이 회색이 아니라 초록색이야. 귀 큰 것 좀 봐! 고마워요, 예고르이치! 당신은 정말 친절한 사람이에요!"

경기병이 웃으며 고개 숙여 인사했다. 알고 보니 그는 어제 내가 보았던 젊은이들 중 한 명이었다. 그의 박차에서 철컥 소리가 나고, 칼집에 달린 금속 링이 쨍그랑거렸다.

"귀가 큰 얼룩무늬 고양이를 갖고 싶다고 했잖아요… 그래서 한 마리 가져왔죠. 당신 말이 곧 법이니까요." 젊은이가 또 한 번 고개 숙여 인사를 했다.

아기 고양이는 잘 들리지도 않게 울더니 바닥을 쿵쿵대기 시작했다.

"배가 고픈가 봐요!" 지나이다가 소리쳤다. "보니파티, 소냐! 우유를 좀 갖고 와요!"

허름한 노란색 드레스를 입고 빛바랜 손수건을 목에 두른 하녀가 우유 한 컵을 들고 들어오더니 고양이 앞에 내려놓았다. 아기 고양이는 깜짝 놀라는 듯싶더니 우유에 눈을 고정한 채 할짝할짝 먹기 시작했다.

"혀가 장밋빛이에요!" 지나이다가 바닥에 머리가 닿을 정도로 고개를 숙인 채 고양이의 턱 바로 아래를 들여다보며 소리쳤다.

아기 고양이는 우유를 배불리 먹고 나더니 앞발로 꾹꾹이를 하면서 갸르릉거리기 시작했다. 지나이다가 일어나더니 하녀를 바라보았다. "데리고 가세요." 그녀가 무심하게 말했다.

"고양이를 가져왔으니 당신 손에 입을 맞춰도 될까요?" 경기병이 히죽거리며 말했다. 그의 거대한 몸이 딱 붙는 새 제복 안에서 꿈틀거렸다.

"두 손을 다 드리죠!" 지나이다가 그를 향해 두 손을 내밀었다. 그가 그녀의 손에 입을 맞추는 동안, 그녀는 그의 어깨 너머로 나를 쳐다보았다.

나는 꼼짝 못 하고 서 있었다. 웃어야 할지, 뭐라 말을 해야 할지, 그냥 조용히 있어야 할지 갈피를 잡을 수 없었다. 갑자기 현관문 틈으로 내게 손짓하는 우리 집 하인, 표도르의 모습이 보였다. 나는 기계적으로 그에게 걸어갔다.

"무슨 일이죠?" 내가 물었다.

"어머니께서 보내셨습니다." 그가 속삭였다. "대답을 듣고 어서 돌아와야 할 텐데 오지 않는다고 화가 나셨어요."

"왜, 내가 그렇게 오래 있었나요?"

"한 시간이 넘었죠."

"한 시간이 넘었다고요?" 나도 모르게 그의 말을 되풀이했다. 나는 응접실로 돌아가 이제 가봐야겠다며 정식으로 인사를 했다.

"어디 가시게요?" 공작 부인의 딸이 경기병의 어깨 너머로 나를 쳐다보며 물었다.

"집에 가야 해요. 어머니께 이야기를 전해야지요." 나는 공작 부인을 바라보며 이렇게 덧붙였다. "한 시 이후에 오시는 걸로 알겠습니다."

"네, 그렇게 전하세요."

늙은 공작 부인은 급히 코담뱃갑을 꺼내더니 깜짝 놀랄 정도로 요란스럽게 담배를 빨았다. "그렇게 전하면 됩니다." 그녀가 눈을 마구 깜빡이고 기침까지 하면서 같은 말을 되풀이했다.

나는 한 번 더 인사를 한 후, 뒤돌아서 응접실을 걸어나왔다. 뭔가 등으로 불편한 느낌이 전해졌다. 사람들이 자신을 보고 있다는 걸 알고 있을 때 흔히 느껴지는 불편함이었다.

"또 만나요, 무슈 볼데마르." 지나이다가 이렇게 외치더니 또

한 차례 웃음을 터트렸다.

"뭐가 저렇게 웃긴 거야?" 나는 집으로 걸어가며 생각했다. 뒤따라오는 표도르도 아무 말 하지는 않았지만 분명 못마땅해하는 것 같았다. 어머니는 나를 보자마자 꾸짖으셨고, 공작 부인의 집에서 여태 무얼 했냐며 궁금해하셨다. 나는 대답도 없이 방으로 올라갔다. 갑자기 심각하게 우울해졌다. 나는 터지는 울음을 참기 위해 최선을 다했다…. 그 경기병에게 질투가 났다!

5

공작 부인은 약속한 대로 어머니를 찾아왔지만, 어머니의 마음에 드는 데는 실패했다. 나는 그 만남에 참석하지는 않았지만 식사 중에 어머니가 아버지에게 하는 이야기를 들었다. 자세키나 공작 부인은 굉장히 저속한 여자이며, 세르게이 공작에게 자기 이야기를 해달라고 귀찮을 정도로 요구했다고 했다. 게다가 온갖 소송과 분쟁(고약한 금전 관계)에 얽혀 있는 걸로 보아 전형적인 사기꾼임이 분명하다고 했다. 하지만 어머니는 그러면서도 공작 부인과 그녀의 딸을 다음 날 저녁 식사에 초대했다고 덧붙였다. (나는 '그녀의 딸'이라는 단어를 듣자마자 접시 위로 고개를 푹 숙였다.) 어쨌든 그들은 이웃이며, 좋은 가문이라는 이유에서였다. 이 모든 이야기를 듣고 난 아버지는 그제야 공작 부인이 누구인지 생각났다고 말했다. 지금은 고인이 된 자세킨 공작을 젊은 시절 알고 있었다고 했다. 그는 아주 좋은 집안 출신이었으나 허영심이 많고 바보 같았다. 오랫동안 파리에 체류한 탓에 사람들에게 파리지앵으로 알려져 있었으며, 한때는 큰 부자였지만 도박으로 재산을 모두 날렸다. 그 후 무슨 이유에서인지, 아마도 돈 때문이겠지만, 더 나은 선택을 할 수 있었는데도(이 이야기를 할 때 아버지는 싸늘한 미소를 지었다.) 하급 관리의 딸과 결혼했고, 이후 투기에 빠졌다가 파산하고 말았다.

"돈을 빌리러 오는 건 아니었으면 좋겠네요." 어머니가 말했다.

"그렇다고 해도 놀랍지 않을 것 같군요." 아버지가 차분하게 말했다. "프랑스어를 쓰던가요?"

"형편없더라고요."

"흠. 하지만 그게 무슨 소용이겠어요. 그 집 딸도 초대했다면서요. 딸은 착하고 교육도 잘 받았다는 소리를 들었는데."

"만약 그렇다면 엄마는 안 닮은 모양이네요."

"아빠도 안 닮았을 거요." 아버지가 대꾸했다. "많이 배운 사람 치고 너무 바보 같았거든."

어머니는 한숨을 쉬더니 혼자 생각에 잠겼다. 아버지도 더 이상 말이 없었다. 나는 이 모든 대화가 굉장히 불편하게 느껴졌다.

저녁 식사 후 나는 정원으로 나갔지만 총은 챙기지 않았다. 나는 '자세킨 정원' 근처에는 가지 않으리라 다짐했지만 어쩔 수 없는 힘에 이끌려 그쪽으로 가게 되었다. 그리고 그건 헛수고가 아니었다. 울타리에 다가가기도 전에 지나이다가 보였기 때문이다. 이번엔 그녀 혼자였다. 그녀는 손에 책을 들고 길을 따라 천천히 걷고 있었다. 그녀는 내가 근처에 있다는 걸 눈치채지 못했다.

나는 그냥 지나칠까 하다가 다시 생각을 바꿔 조그맣게 기침을 했다.

그녀가 발걸음을 멈추지 않고 주위를 둘러보았다. 그녀는 동그란 밀짚모자에 두른 널따란 파란 리본을 옆으로 치우며 나를 보고 희미한 미소를 짓는가 싶더니, 다시 책 쪽으로 눈길을 돌렸다. 나는 모자를 벗고 잠시 어슬렁거리다가 무거운 마음으로 그 자리를 떠났다. "나는 그녀에게 어떤 존재인가?" 나는 (도대체 왜 그랬는지 모르겠지만) 프랑스어로 혼잣말을 했다.

뒤쪽에서 익숙한 발걸음 소리가 들렸다. 뒤를 돌아보니 아버지가 평소처럼 빠릿빠릿하고 가벼운 발걸음으로 나를 향해 걸어오고 있는 게 보였다.

"저 사람이 공작 부인의 딸이냐?" 그가 물었다.

"네."

"너는 그녀를 아나 보구나?"

"오늘 아침에 공작 부인을 만나러 갔다가 봤어요."

아버지는 걸음을 멈추고 급하게 방향을 틀더니 왔던 길을 돌아갔다. 아버지는 지나이다의 곁으로 가서 예의 바르게 인사를 했다. 그녀도 제법 놀라는 기색을 보이며 인사를 하더니 책을 든 손을 내렸다. 아버지는 늘 우아하게 옷을 차려입었다. 상당히 소박하지만 늘 자신만의 취향이 드러났다. 그런데 그의 모습이 오늘처럼 우아해 보인 적이 없었다. 그의 회색 모자도 살짝 가늘어진 곱슬머리에 너무나 잘 어울렸다.

나는 지나이다를 향해 몇 발짝 다가갔지만 그녀는 나를 쳐다보지도 않았다. 그렇게 그녀는 책을 들고 다시 떠나버렸다.

6

그날 저녁부터 다음 날 아침까지 나는 멍한 고통 속에서 시간을 보냈다. 공부를 좀 하려고 카이다노프의 책을 꺼낸 기억은 나지만, 그 유명한 교과서 속 동그란 마침표만이 눈앞에서 휙휙 스쳐 지나갈 뿐이었다. 나는 "율리우스 시저는 전투에서 용맹하기로 명성이 나 있었다."라는 구절을 적어도 열 번은 읽었지만 무슨 말인지 이해하지 못한 채 책을 내려놓았다. 저녁 식사 직전 나는 머리에 거듭 포마드를 바르고 프록코트에 넥타이를 차려입었다.

"그건 뭐 하러 입은 거니?" 어머니가 물었다. "넌 아직 대학생도 아니고 시험에 통과할지 아닐지도 모르잖니. 게다가 재킷이 아직 새것인데 그건 왜 안 입는 거니?"

"하지만 저녁에 손님이 오시잖아요." 내가 자포자기한 심정으로 조용히 말했다.

"말도 안 돼! 그 손님들이 뭐가 중요하다고!"

나는 어머니의 말을 따를 수밖에 없었다. 나는 코트 대신 재킷으로 갈아입었지만 넥타이는 풀지 않았다. 공작 부인과 그녀의 딸이 식사 삼십 분 전에 도착했다. 공작 부인은 내겐 이미 익숙한 그 초록색 드레스 위에 노란색 숄을 두르고, 새빨간 리본이 달린 촌스러운 보닛 모자를 쓰고 있었다. 그녀는 집에 도착하자마자 약속어음 이야기를 꺼내더니, 한숨을 쉬고, 자신의 가난을 불평하고 징징거렸다. 또 조금의 부끄러운 기색도 없이 자기 집에 있는 듯 제 마음대로 요란스럽게 킁킁거리고, 의자에 앉은 채 꼼지락거렸다. 자신이 공작 부인이라는 생각을 조금도 하지 않는 듯했다. 반면 지나이다는 거만하다고 할 정도로 새침데기처럼 행동했다. 완전히 공작 부인 같은 모습이었다. 얼굴에도 엄격함과 엄숙함이 가득해서 하마터면 그녀를 못 알아볼 뻔했다. 미소와 눈빛도 뭔가 달랐다. 하지만 이렇게 새로운 모습을 해도 내 눈엔 너무나 아름답게만 보였다. 그녀는 연하늘색 불규칙한 소용돌이무늬가 있는 얇은 드레스를 입고, 곱슬곱슬한 긴 머리카락은 영국식으로 얼굴 양옆에 늘어뜨렸다. 그 스타일이 그녀의 싸늘한 표정과 너무 잘 어울렸다. 아버지는 식사하는 내내 그녀 옆에 앉아 세련되고 차분한 공손함으로 이웃을 접대했다. 이따금 그가 그녀의 얼굴을 쳐다보면, 그녀도 아버지의 얼굴을 쳐다보았다. 그리고 그 눈빛에 무언가 이상한, 거의 적대적인 감정 같은 것이 숨어 있었다! 사람들은 프랑스어로 대화를 나누었다. 지나이다의 발음이 굉장히 깔끔해서 감명받았던 기억이 난다. 공작 부인은 처음부터 자유롭게 행동했다. 너무나도 편안한 모습으로 식사를 잔뜩 했으며, 음식이 맛있다고 칭찬도 했다. 어머니는 공작 부인을 짜증스럽게 여기며 다소 침울하고 무시하는 태도로 대답했다. 아버지는 거의 눈에 띄지 않게 가끔씩 눈을 찌푸렸다. 어머니는 지나이다 역시 좋아하지 않았다. "건방진 계집애!" 다음 날 어머니는 이렇게 말했다. "뭐 때문에 그렇게 오만한 건지 나도 좀 알고 싶군. 그리제트*의 얼굴을 하고서는!"

"평생 그리제트를 본 적도 없지 않소." 아버지가 지적했다.

"그래서 얼마나 다행인지요!"

"물론 그렇긴 하지요… 하지만 그렇게 따진다면 당신도 그런 식으로 그들을 판단할 자격이 없어요."

지나이다는 나에게 조금의 관심도 보이지 않았다. 저녁 식사가 끝나자 그녀의 어머니는 바로 작별 인사를 했다.

"그럼 두 분을 믿어보겠습니다, 마리아 니콜라예브나, 그리고 표트르 바실리치." 그녀는 노래하는 듯한 목소리로 부모님에게 말했다. "상황이 그렇네요! 저도 좋은 시절이 있었지만, 이제 다 가버린걸요. 그래요, 이런 저도 공작 부인이랍니다." 그녀가 불쾌한 웃음을 덧붙였다. "먹을 것도 없는데 명예가 다 무슨 소용이겠어요."

---

* 19세기 프랑스 파리에서 행실이 바르지 못한 하류 계층의 여성을 일컫는 말.

아버지는 공손하게 고개 숙여 인사하고는 그녀가 방을 나서는 걸 지켜보았다. 나는 짧은 재킷을 입은 채 사형선고라도 받은 사람처럼 바닥만 쳐다보면서 그 자리에 서 있었다. 지나이다의 태도가 나를 완전히 무력하게 만들었던 것이다. 그런데 놀랍게도 내 앞을 지나가던 그녀가 이전처럼 상냥한 눈빛으로 나를 쳐다보며 재빠르게 속삭였다. "오늘 저녁 여덟 시에 집으로 오세요, 아시겠죠…." 난 너무 놀라서 두 팔을 번쩍 들 수밖에 없었다. 하지만 그녀는 하얀 스카프를 머리에 쓰고 그대로 사라졌다.

7

여덟 시 정각, 나는 프록코트를 입고 머리를 잔뜩 세워서 빗은 후, 공작 부인이 살고 있는 별채 현관에 들어섰다. 늙은 하인이 뚱한 눈빛으로 나를 쳐다보며 앉아 있던 벤치에서 마지못해 일어섰다. 응접실에서 명랑한 목소리가 들려왔다. 문을 연 나는 놀라서 뒤로 물러났다. 방 한가운데 놓여 있는 의자 위에 공작 부인의 딸이 남자 모자를 들고 서 있었고, 다섯 명의 남자들이 그 주위를 둥그렇게 둘러싸고 있었던 것이다. 그들은 다들 모자를 향해 손을 뻗어 모자를 잡으려 하고 있었고, 그녀는 그들의 손을 피해 모자를 흔들어댔다. 그녀가 나를 발견하자 소리쳤다. "잠깐, 잠깐만요! 새로운 손님이 오셨으니 저분에게도 표를 줘야죠." 그녀는 의자에서 폴짝 뛰어내리더니 내 코트 소매를 잡았다. "이리 와요, 거기 서 있지 말고. 제가 소개할게요, 여러분, 이분은 무슈 볼데마르, 이웃집 아드님이세요. 그리고 이분들은." 그녀는 손님들을 한 명씩 가리키며 나에게 말했다. "말레프스키 백작, 의사 루쉰 씨, 시인 마이다노프 씨, 은퇴한 니르마츠키 대위, 그리고 벨로브조로프 경기병, 이분은 이미 만난 적 있으시죠? 다들 친하게 지내시길 바라요."

나는 너무 당황해서 인사도 제대로 하지 못했다. 의사 루쉰의 모습을 보니 정원에서 나를 대놓고 조롱하던 그 검은 머리의 신사라는 것을 알 수 있었다. 나머지는 모두 초면이었다.

"백작님!" 지나이다가 계속 말했다. "무슈 볼데마르를 위해 표를 한 장 써주세요."

"그건 불공평합니다." 백작이 폴란드 억양이 살짝 섞인 말투로 반대했다. 그는 잘생긴 데다 멋까지 잔뜩 부린 까무잡잡한 남자였다. 그는 표정이 풍부한 갈색 눈과 희고 가느다란 코를 가졌으며, 옹졸한 입 위에는 단정한 콧수염을 기르고 있었다. "이분은 우리랑 내기를 하지 않았잖아요."

"불공평하지, 불공평하고말고." 벨로브조로프와 은퇴한 대위라는 사람이 같이 소리쳤다. 사십 대쯤 되어 보이는 이 남자는 얼굴에 천연두 자국이 심했고, 머리는 흑인만큼이나 곱슬거렸으며, 등은 굽고 다리도 휘어 있었다. 그리고 견장 없는 군복을 단추를 풀어 헤친 채 입고 있었다.

"어서 저분한테도 표를 만들어달라니까요." 공작 부인의 딸이 다시 말했다. "선동하지 마세요. 무슈 볼데마르는 오늘이 우리와의 첫 번째 날이니까 규칙을 좀 풀어줄 필요가 있어요. 이제 그만 투덜거리고 제가 시키는 대로 하세요!"

백작은 어깨를 으쓱했지만 알겠다며 고개를 숙였다. 그러고는 반지를 낀 하얀 손으로 펜을 집더니 종이를 길게 주욱 찢어 글을 쓰기 시작했다.

"무슈 볼데마르에게 규칙을 설명하도록 허락해주시겠습니까?" 루쉰이 빈정거리는 말투로 물었다. "저 사람은 지금 아무것도 모르는 것 같으니까요. 이봐요, 젊은이, 우리는 지금 내기를 하고 있었소. 벌을 받는 사람은 공작 부인의 따님이고, 행운의 표를 손에 넣는 사람이 그녀의 손에 입을 맞출 권리를 갖게 되는 거요, 이해했소?"

나는 얼빠진 사람처럼 그를 빤히 쳐다보며 그대로 서 있었다. 그사이 공작 부인의 딸이 다시 의자 위로 폴짝 뛰어 올라가더니 모자를 흔들기 시작했다. 모두들 모자를 향해 손을 뻗었고, 나도 그들 사이에 합류했다.

"마이다노프 씨!" 공작 부인의 딸이 길쭉한 얼굴, 극도로 작은 눈, 길고 검은 머리를 갖고 있는 키 큰 젊은이에게 말했다. "당신은 시인이시니 아량을 베풀어주셔야죠. 무슈 볼데마르에게 당신 표를 주셔서 저분이 두 번의 기회를 가질 수 있도록 해주세요."

하지만 마이다노프는 고개를 저으며 긴 머리를 뒤로 넘겼다.

나는 마지막으로 모자에 손을 넣어 표를 한 장 꺼낸 뒤… 펼쳐 보았다. 거기에 쓰여 있는 '입맞춤'이라는 글자를 보았을 때 내 기분이 어땠을지 짐작해보라!

"입맞춤이다!" 나도 모르게 소리를 질렀다.

"브라보! 저분이 이겼네요!" 공작 부인의 딸이 곧바로 소리쳤다. "너무 기뻐요!" 의자에서 내려온 그녀가 달콤하고 차분한 미소를 지으며 내 눈을 바라보자 심장이 튀어나올 것만 같았다. "당신도 기쁘신가요?"

"저요?" 놀란 나는 그 말밖에 할 수가 없었다.

"나한테 그 표를 파시오." 벨로브조로프가 내 귀에 대고 불쑥 말했다. "백 루블을 주겠소."

내가 싸늘한 눈으로 경기병을 쏘아보자 지나이다가 손뼉을 쳤고 루쉰은 소리를 쳤다. "브라보!"

"다만." 루쉰이 계속 말했다. "이 행사의 진행자로서 나는 규칙을 엄격하게 준수해야 한다고 주장하는 바입니다. 무슈 볼데마르, 한쪽 무릎을 꿇으세요! 그게 우리의 규칙이거든요."

지나이다는 내 모습을 더 제대로 보고 싶어서인지 머리를 한쪽으로 살짝 기울인 채 내 앞에 섰다. 그리고 굉장히 엄숙한 표정으로 내게 손을 내밀었다. 나는 눈앞이 캄캄해졌다. 나는 한쪽 무릎만 꿇으려다 두 쪽을 동시에 꿇어버렸고, 지나이다의 손가락에 어색하게 입을 맞추려다 그녀의 손톱에 코끝을 긁히고 말았다.

"이 정도면 됐소." 루쉰이 날 일으켜 세워주며 말했다.

내기 게임은 계속되었다. 지나이다는 나를 자기 옆에 앉혔다. 그리고 그녀는 온갖 벌칙을 발명해냈다. 한번은 자신이 '조각상'이 되기로 했다면서 볼품없는 니르마츠키를 자신의 받침대로 고르더니, 그에게 납작 엎드려 머리를 숙이게 시켰다. 한순간도 웃음이 끊이질 않았다. 존경받는 상류층 가정의 냉정하고 호젓한 분위기에서 자란 나로서는 이 모든 소음과 떠들썩함, 그 누구의 제약도 없이 거의 난장판이 되도록 즐기는 분위기, 낯선 사람들과의 믿을 수 없을 만큼 친밀한 관계가 너무나 인상적이었다. 나는 와인을 잔뜩 마신 사람처럼 취해버렸다. 자꾸만 웃었고, 같은 방 안에 있는 그 누구보다 큰 소리로 떠들었다. 심지어 상담할 게 있어서 불러온 관리들과 함께 옆방에 있던 공작 부인까지 무슨 일인가 싶어 찾아올 정도였다. 하지만 나는 너무나 행복한 나머지 누가 조롱하듯 말을 하고 내게 험악한 표정을 지어보여도 눈썹 하나 까딱하지 않았고 남에게 눈곱만큼도 관심이 없었다. 지나이다는 계속해서 나를 지목하며 나를 자기 곁에 두었다. 한번은 그녀와 함께 실크 스카프를 뒤집어쓴 채 내 비밀을 말해야 하는 벌칙을 받았다. 나는 우리의 머리가 향기롭고 숨 막히는 투명한 안개에 둘러싸였던 그 순간의 느낌을 잊을 수가 없다. 그 안개 사이로 보이는 그녀의 눈은 너무나 부드럽게 빛났고, 너무나 가까웠다. 그녀의 입김은 따뜻했고 치아는 환하게 빛났다. 그녀의 머리카락 끝이 나를 간지럽히며 찔러댔다. 나는 아무 말도 못 하고 가만히 있었다. 그녀는 비밀스럽고도 장난스럽게 미소를 짓더니 마침내 이렇게 속삭였다. "좋아요?" 나는 얼굴이 빨개져서 웃으며, 거의 숨도 제대로 쉬지 못한 채 고개를 돌렸다. 우리는 곧 내기에 싫증이 났고, 곧 기다란 줄을 가지고 하는 게임을 시작했다. 세상에, 한참 딴생각을 하다가 그녀에게 손가락을 찰싹 맞고 느꼈던 그 기쁨이란! 나는 괜히 멍하니 딴생각을 하는 척했지만, 그녀는 일부러 나를 놀릴 생각에 내 손은 건드리지도 않았다!

 그날 저녁 얼마나 많은 장난을 쳤던지! 우리는 피아노를 연주하고, 노래하고 춤을 췄으며, 집시 흉내를 내기도 했다. 또 니르마츠키에게 곰 분장을 시키고 소금물을 마시게도 했다. 말레프스키 백작은 온갖 카드 마술을 보여주었는데 휘스트 게임*용 카드를 다 섞어서 트럼프만 나오게 하기도 했다. 이를 본 루쉰은 진심으로 그를 자랑스러워했다. 마이다노프는 자신의 시 〈암살자〉(당시는 낭만주의 운동이 극에 달하고 있었다.)의 몇 구절을 읊어주었다. 원래 검은색 표지에 핏빛 빨간색 대문자로 제목을 써서 출간할 계획이었던 시라고 했다. 우리는 집에 들른 관리가 무릎에 얹어놓은 챙 없는 모자를 훔쳐다가, 카자크 춤을 추게 한 뒤에야 모자를 돌려주었다. 보니파티에게 여자 모자를 씌우기도 하고, 지나이다가 남자 모자를 쓰기도 했다…. 이렇게 우리가 한 짓은 일일이 언급하기도 불가능할 정도였다. 한편 벨로브조로프는 이

---

* 트럼프로 하는 카드 게임의 일종으로 18~19세기에 널리 즐기던 고전 게임.

맛살을 찌푸린 부루퉁한 모습으로 줄곧 구석에 혼자 있었다…. 이따금 그의 눈에 핏발이 서고 얼굴이 시뻘겋게 변하는 것이, 당장이라도 달려들어 우리를 갈기갈기 찢어버릴 것만 같았다. 하지만 공작 부인의 딸이 그를 바라보며 타이르듯 손가락을 흔들면 그는 다시 구석으로 돌아가곤 했다.

마침내 우리는 완전히 지쳤다. 공작 부인은 본인이 직접 말했듯이 활기가 넘치는 사람이라 아무리 시끄러워도 상관이 없다고 했다. 그럼에도 이제는 좀 피곤했는지 쉬고 싶어 했다. 열한 시가 넘어 저녁 식사가 차려졌다. 오래되어 마른 치즈, 다진 햄이 들어간 식은 파이가 전부였지만 그 어떤 것보다도 맛있었다. 와인도 딱 한 병 있었는데, 뭔가 기묘한 데가 있었다. 병 색깔이 매우 진하고, 병목 부분이 부풀어 있었으며, 와인에서는 빨간 페인트 맛이 났기 때문이다. 그래서인지 그 누구도 와인을 마시지는 않았다. 나는 행복감에 어질어질 몽롱해진 채로 별채를 나왔다. 지나이다가 내 손을 꽉 잡으며 또다시 묘한 미소를 띤 얼굴로 작별 인사를 했다.

나의 뜨거워진 얼굴 위로 무겁고 축축한 밤공기가 느껴졌다. 곧 천둥이 칠 것 같은 느낌이었다. 점점 커지는 먹구름이 하늘을 가로질러 움직이고 있었고, 모호한 구름의 윤곽은 끊임없이 변하고 있었다. 시커먼 우듬지 사이로 산들바람이 쉴 새 없이 불어왔고, 하늘 반대편 저 멀리 어디에선가는 천둥이 분노에 찬 공허한 소리로 혼자 투덜거리고 있는 듯 우르릉거렸다.

나는 뒷문을 통해 내 방으로 갔다. 하인이 바닥에서 자고 있길래 그 위를 넘어서 갔다. 하인이 깨서 나를 보더니, 어머니가 또 화가 나서 나를 데리고 오라 하셨지만 아버지가 말리셨다고 전해주었다. (여태 나는 어머니에게 작별 인사를 한 다음 축복의 말을 듣지 않고서는 잠자리에 든 적이 없었다.) 하지만 뭐, 어쩔 수 없었다!

나는 하인에게 옷을 갈아입고 자겠다고 말하고서는 촛불을 껐다…. 하지만 옷을 갈아입지도 침대에 눕지도 않았다.

나는 의자에 앉아 한참 동안 그대로 있었다. 마치 마법에 걸린 사람처럼 말이다…. 나의 기분은 너무나 새롭고, 너무나 달콤했다! 나는 꼼짝 않고 앉아서 주위를 둘러보며 심호흡을 했다. 이따금 지난 일을 떠올리며 소리 없이 웃기도 했다. 내가 지금 사랑에 빠진 거라고, 이게 사랑이 아니면 무엇이겠냐고 생각하니 가슴속이 서늘해지기도 했다. 지나이다의 얼굴이 눈앞에 계속 둥둥 떠다니면서 사라질 생각을 하지 않았다. 그녀의 입술은 묘하게 미소 짓고 있었다. 무언가 물어보고 싶은 게 있는 듯, 생각에 잠긴 듯, 애정을 담아 곁눈질로 나를 쳐다보았다…. 나에게 작별 인사를 할 때 바로 그 모습처럼 말이다. 마침내 나는 일어서서 침대까지 살금살금 조심스럽게 걸어간 뒤, 옷도 벗지 않은 채 베개에 머리를 뉘었다. 마치 갑작스럽게 움직이기라도 하면 내 마음속에 가득 찬 무언가가 건드려지기라도 할까 봐 두려운 사람처럼 말이다….

나는 눕기는 했지만 눈을 감지는 않았다. 곧 희미한 그림자가 방 안에 비치는 걸 눈치챘다. 난 일어나 앉아서 창문 쪽을 바라보았다. 묘하게 뿌연 유리와는 대조되게 창틀이 선명하게 눈에 띄었다. "폭풍우로군." 나는 혼잣말을 했다. 실제로 폭풍우가 맞긴 했지만 아주 먼 곳, 천둥소리가 내 귀에 들리지 않을 정도로 먼 곳에서 일어나는 일이었다. 그래서 희미하고 기다란 갈퀴 모양의 번개만 하늘을 가로질러 끊임없이 번쩍이고 있었다. 아니 마구 번쩍거린다기보다는 마치 죽어가는 새의 날개처럼 파르르 떨고 있었다. 난 자리에서 일어나 창가로 걸어간 후 날이 샐 때까지 그 자리에 서 있었다…. 번개는 단 한순간도 멈추지 않았다. 러시아 시골 사람들이 말하는 '참새의 밤'* 그 자체였다. 나는 잔잔하게 뻗어 있는 모래밭, 네스쿠치느이 공원의 짙은 그림자, 멀리 서 있는 건물의 연노란색 정면을 응시했고, 모두 번개가 번쩍일 때마다 같이 떨리는 것처럼 보였다…. 나는 그 광경에서 눈을 뗄 수가 없었다. 소리 없는 번개, 절제된 광채는 모두 내 마음속에서 번쩍이는 조용하고 비밀스러운 충동에 대한 반응처럼 보였다. 날이 밝아오고 있었다. 새벽하늘이 진홍색으로 물들기 시작했다. 해가 점점 떠오르자 번쩍이던 번개는 점점 더 희미해지고 짧아졌다. 번개가 치는 간격이 점점 더 길어지는가 싶더니 결국 떠오르는 태양의 맑고 잔잔한 빛 속으로 사라졌다….

　내 안의 번개도 마찬가지로 사라졌다. 나는 굉장한 피로감과

---

* 천둥 번개가 치는 짧은 여름밤.

함께 평온함을 느꼈다…. 하지만 지나이다의 형상은 여전히 의기양양한 모습으로 내 눈앞에서 떠다니고 있었다. 물론 그 형상도 이제는 차분해진 것 같았다. 마치 갈대숲을 날아오르는 백조처럼, 아름답지 못한 주변 환경으로부터 떨어져 나온 듯했다. 나는 잠이 들면서 다시 한번 경배하는 마음으로 그 앞에 굴복했다….

오, 순종적인 감정, 은은한 소리, 깊이 감화된 영혼의 온화함과 평온함, 애간장을 녹이는 첫사랑의 광채… 그대는 지금 어디에 있는가, 도대체 어디에?

8

이튿날 아침 차를 마시러 내려갔더니, 비록 예상했던 것보다는 덜했지만 그래도 어머니는 나를 꾸짖으셨다. 지난밤 뭘 했는지 말해보라고도 했다. 나는 가능한 한 아무 문제가 없는 것처럼 들리도록 자세한 사항은 대부분 생략한 채 간단하게 대답했다.

"그래 봤자 다들 품위 있는 사람들은 아니야." 어머니가 말했다. "그리고 너 역시 그 사람들과 어울릴 필요는 없어. 너는 준비해야 할 시험도 있잖니."

내 학업에 대한 어머니의 걱정은 이런 몇 마디 말이 전부라는 걸 알고 있었기에, 나 역시 굳이 언쟁하려 하지 않았다. 하지만 차를 마시고 났더니 아버지가 내 팔을 잡고 정원으로 끌고 가서는 자세킨의 집에서 뭘 봤는지 얘기해보라고 했다.

 아버지는 내게 이상한 영향력을 끼쳤고, 우리의 관계 역시 이상했다. 그는 내 교육에 좀처럼 관심을 보이지 않았지만 동시에 나에게 상처가 되는 말도 절대 한 적이 없었다. 그는 나의 자유를 존중했고, 이런 표현이 괜찮을지 모르겠지만, 내게 예의 바르기까지 했다…. 하지만 그는 내게 최소한의 친밀감도 허락하지 않았다. 나는 그를 사랑했고, 그를 존경했다. 나는 그를 완벽한 남자의 전형으로 여겼다. 오, 아버지가 내게 의도적으로 거리를 둔다는 걸 끊임없이 자각하지 않았더라면 나는 그를 숭배했을지도 모르겠다! 그는 원하기만 하면, 단 한 마디의 말과 단 한 번의 몸짓으로 즉시 나에게 무한한 자신감을 심어줄 수 있었다. 그럴 때마다 나는 마음을 터놓고, 지적인 친구나 너그러운 스승과 함께 있을 때처럼 재잘대곤 했다…. 그러다가도 아버지는 또 갑작스럽게 나를 버리고 떠났고, 그러면 나는 다시 한번 혐오감을 느끼곤 했다. 매우 친절하고 다정하지만, 그럼에도 느껴지는 혐오감이었다.

 가끔 아버지도 유쾌한 기분에 젖어들 때면 어린아이처럼 나와 어울려 뛰놀기도 했다. (아버지는 모든 종류의 격렬한 신체 활동을 좋아했다.) 그리고 한 번, 딱 한 번! 나를 너무나 사랑스러운 손길로 어루만져서 하마터면 내가 눈물을 흘릴 뻔한 적도 있었다…. 하지만 그의 유쾌함과 다정함은 흔적도 없이 사라져버렸고, 우리 사이에 있었던 일이 또 일어날지도 모른다는 희망 같은 것은 찾을 수조차 없었다. 그 모든 게 그저 꿈처럼 느껴졌다. 가끔 그의 현명하고 잘생기고 차분한 얼굴을 보고 있자면 심장이 마구 뛰고 나의 모든 신경이 그에게 집중되고는 했다…. 그러면 아버지는 내 안에서 무슨 일이 일어나고 있는지 다 알기라도 하는 듯, 아무렇지 않게 내 뺨을 쓰다듬고는 방을 나가버린다거나, 자기 일에 바쁘게 몰두하거나, 갑자기 그대로 굳어버리고는 했다. 그럴 때면 나 역시 곧바로 위축되고 얼어붙게 마련이었다. 나는 늘 그의 너그러움을 바라며 티를 내지는 않았어도 분명하게 기도를 드렸다. 하지만 그가 가끔 난데없이 베푸는 너그러움은 내 기도 덕분이 아니었다. 그의 너그러움은 언제나 예기치 않게 찾아왔기 때문이다.

아버지의 성격에 대해 곰곰이 생각해본 결과, 나는 그가 자기 자신과 집안 살림 말고 다른 데 관심을 두고 있다는 결론을 내리게 되었다. 그의 마음은 전혀 다른 곳에 가 있었고, 그것을 온전히 즐기고 있었다. "네가 할 수 있는 걸 해라." 그가 전에 내게 말했다. "그러나 너 자신에게 굴복해서는 안 돼. 온전한 자기 자신이 되는 것, 그것들이 모여서 우리가 삶이라고 부르는 것이 만들어지는 거란다." 언젠가 한번은 젊은 민주주의자로서 아버지 앞에서 자유에 대해 장황한 의견을 늘어놓기 시작했다. (그날 아버지는 '친절한' 상태였기에 나도 좋아하는 이야기를 꺼낼 수 있었다.) "자유라…." 그가 한 번 더 말했다. "인간을 자유롭게 하는 유일한 것이 뭔지 아니?"

"뭔데요?"

"의지, 자신의 의지란다. 의지가 사람에게 권력을 주고, 그것이 어떤 자유보다 더 나은 거야. 네가 무엇을 원하는지 아는 법부터 깨우쳐라. 그러면 자유로워질 거고, 다른 사람에게 명령을 내릴 수도 있을 거란다."

아버지의 가장 중요한 첫 번째 목표는 살아 있는 것이었고, 실제로 그렇게 살았다. 그는 '우리가 삶이라고 부르는 것'을 즐길 시간이 충분치 않다는 걸 예감했던 모양이었다. 아버지는 마흔두 살 나이에 돌아가셨다.

나는 자세킨의 집에 방문했던 내용을 아버지께 상세하게 털어놓았다. 그는 벤치에 앉아 승마용 채찍 끝으로 모래에 그림을 그리며, 약간 다른 곳에 정신이 팔린 상태로 내 이야기를 들었다. 한두 번은 웃기도 하고, 나를 향해 밝고 즐거운 눈빛을 보내기도 했으며, 간단한 질문과 발언으로 나를 자극하기도 했다. 처음엔 지나이다의 이름을 말하는 것도 큰 용기가 필요했지만, 얼마 안 가 더 이상 참지 못하고 그녀에 대한 칭찬을 늘어놓기 시작했다. 아버지는 자꾸 빙그레 웃다가, 생각에 잠긴 듯하더니 기지개를 켜며 벤치에서 일어났다.

나는 아버지가 집을 나서며 자기 말에 안장을 얹어달라고 했던 게 기억났다. 아버지는 완벽한 승마인이었기에 미스터 래리[*]

---

[*] 19세기에 유명했던 미국 출신의 말 조련사.

보다도 훨씬 전부터 가장 사나운 말들을 부릴 줄 알았다.

"저도 같이 갈까요, 아버지?" 내가 물었다.

"아니." 그가 대답했다. 평소처럼 다정한 무관심을 띤 표정이었다. "원한다면 너 혼자 가거라. 그리고 마부에게 난 말을 타지 않을 거라고 전하렴."

그는 그대로 돌아서더니 서둘러 걸어갔다. 나는 그가 대문을 지나 사라질 때까지 계속 바라보았다. 그의 모자가 울타리를 따라 움직이는 게 보였다. 그리고 그가 자세킨의 집으로 걸어가는 걸 목격했다.

그는 거기서 채 한 시간도 머물지 않았다. 곧바로 시내로 나가서는 저녁 무렵이 되어서야 집에 돌아왔다.

저녁 식사 후 나는 혼자 자세킨의 집에 갔다. 공작 부인이 혼자 응접실에 앉아 있었다. 그녀는 나를 보더니 모자 밑으로 뜨개바늘을 넣어 머리를 긁었고, 불쑥 자기 대신 진정서 한 통을 써줄 수 있는지 물었다.

"해드리죠." 내가 의자 귀퉁이에 앉으며 대답했다.

"글자를 큼직하게 써주면 좋겠군요." 공작 부인이 여기저기 글자가 적혀 있는 종이를 건네며 말했다. "오늘 중으로 가능하겠죠, 젊은 양반?"

"네, 오늘 해드리겠습니다."

그때 옆방 문이 빼꼼 열리더니 그 틈으로 지나이다의 얼굴이 보였다. 뭔가 생각에 잠긴 듯 창백한 얼굴에 머리카락은 아무렇게나 뒤로 넘긴 모습이었다. 그녀는 크고 싸늘한 눈으로 나를 흘깃 쳐다보더니 조용히 문을 닫았다.

"지나, 지나!" 그녀의 어머니가 소리쳤다. 하지만 지나는 대답하지 않았다. 나는 공작 부인의 진정서를 들고 집으로 와서 저녁 내내 그걸 옮겨 적었다.

9

나의 '열정'은 바로 그날부터 시작되었다. 나는 내 감정이 막 입대한 남자의 감정과 비슷했을 거라고 생각한다. 나는 더 이상 어린 소년이 아니었다. 나는 사랑에 빠진 사람이었다. 나의 열정이 그날부터 시작되었다고 했지만, 나의 고통 역시 그날부터 시작되었음을 덧붙여 말해야 하겠다. 나는 지나이다와 떨어져 있을 때면 몹시 슬펐다. 집중할 수가 없고, 하루 종일 그녀 생각 말고는 아무것도 할 수 없었다…. 그녀와 떨어져 있으면 슬펐지만… 그녀와 함께 있다고 해서 안심이 되는 것도 아니었다. 나는 질투했고, 나의 하찮음을 의식했으며, 바보처럼 부루퉁해지고, 역시나 바보처럼 그녀 앞에 바짝 엎드렸다. 그럼에도 저항할 수 없는 힘이 나를 그녀에게로 이끌었고, 그녀의 방 문지방을 넘을 때마다 기쁨의 전율을 느꼈다. 지나이다는 내가 그녀와 사랑에 빠졌다는 사실을 너무나 빨리 알아챘다. 사실 나도 숨길 생각이 전혀 없었다. 그녀는 내 사랑의 열병을 웃음거리로 삼고, 놀리고, 어루만지고, 또 괴롭히기를 반복했다. 다른 사람의 가장 큰 행복 또는 가장 깊은 슬픔의 절대적인 원인, 유일한 근원이 된다는 것은 달콤한 일일 것이다. 그래서인지 지나이다는 나를 자기 마음대로 주무를 수 있는 밀랍이라고 생각했다. 하지만 그녀와 사랑에 빠진 건 나 혼자만이 아니었다. 그 집에 찾아오는 모든 남자들이 그녀를 극찬했고, 그녀는 그 남자들을 모두 자기 발밑에 묶어두었다. 그녀는 그들에게 희망과 불안을 번갈아 안겨주는 것을, 그들을 자기 마음대로 조종하는 것을 즐겼다. (그녀는 이걸 '서로를 향한 타격'이라고 불렀다.) 그런데도 남자들은 저항할 생각은 전혀 하지 않은 채 그녀의 명령에 기쁘게 복종했다. 명랑하고 사랑스러운 그녀라는 존재에는 교활함과 무모함, 부자연스러움과 단순함, 평온함과 야성적 충동이 매혹적으로 어우러져 있었다. 그녀가 하는 말과 행동, 그녀의 움직임에는 가볍고도 미묘한 우아함이 맴도는 것 같았다. 뭔가 특별한 힘이 곳곳에서 작용하고 있달까. 그리고 그녀의 얼굴, 끊임없이 변화하는 것 같은 그녀의 얼굴에도 역시나 무언가가 있었다. 그녀의 얼굴은 거의 동시에 조롱과 배려, 열정을 표현했다. 세상에 존재하는 최고로 상충하는 감정들마저도, 바람 부는 화창한 날의 구름 그림자처럼, 그녀의 눈과 입술 위를 가볍고도 빠르게 스쳐 지나가는 것 같았다.

그녀의 추종자들은 하나같이 그녀에게 꼭 필요한 존재였다. 그녀가 '나의 야수' 혹은 단순하게 '내 사람'이라고 부르는 벨로브조로프는 그녀를 위해서라면 불 속에라도 뛰어들 사람이었다. 그는 자신의 정신력이나 다른 자질에 의존하지 않은 채, 끊임없이 그녀에게 손을 내밀며 다른 사람들은 자기만큼 진지하지 않음을 넌지시 알렸다. 마이다노프는 그녀의 시적 감수성에 화답했다. 그 역시 다른 대부분의 작가들처럼 천성이 냉정한 사람인데도 그녀를 흠모한다는 사실을 그녀에게, 어쩌면 자기 자신에게도 열렬하게 납득시켰다. 그는 끝없는 시적 감정 토로로 그녀를 칭송했고, 과장된 듯하면서도 동시에 진지하게, 일종의 황홀경에 빠진 듯한 모습으로 그녀에게 시를 낭독했다. 그러면 그녀는 어느 정도는 공감을 하면서도, 동시에 조롱의 눈빛으로 그를 대했다. 그녀는 그를 딱히 신뢰하지 않았기에, 그의 감정 토로를 다 듣고 나면 늘 푸시킨의 시를 낭독해달라고 했다. 그녀의 표현대로라면 분위기를 바꾸기 위한 용도였다. 말을 늘 냉소적으로 하는 익살스러운 의사 루쉰은 그녀를 면전에서도, 그리고 등 뒤에서도 막 대했지만, 그 누구보다 그녀를 사랑했고 그녀를 잘 이해했다. 그녀는 그를 존경했지만 그렇다고 그에게 자비를 베풀지는 않았다. 오히려 그 역시 자신의 손아귀에 있다는 사실을 보여주며 심술궂은 기쁨을 느꼈다. "나는 바람둥이예요, 나는 냉혈한이죠. 난 타고난 배우랍니다." 그녀가 언젠가 내가 보는 앞에서 그에게 이렇게 말했다. "그럼, 나한테 손을 줘보세요. 제가 이 손에 핀을 꽂아줄게요. 이 젊은이 앞에서 이러니까 당황스럽겠죠, 아프기도 할 거고요. 하지만 웃음이 날 정도로 기분이 좋을 거예요, 정직한 신사 아저씨." 루쉰은 얼굴이 빨개져서 눈길을 피하며 입술을 깨물었지만, 결국 그녀에게 자기 손을 내밀었다. 그녀는 그의 손에 핀을 꽂았고, 그는 정말로 웃음을 터트렸다…. 그리고 그녀도 같이 웃었다. 그녀는 그의 피부 깊숙이 핀을 찔러 넣으며 그의 눈을 바라보았고, 그는 그녀의 시선을 피하려 애를 썼지만 소용없었다…. 말레프스키 백작과 그녀의 관계는 나도 잘 이해가 되지 않았다. 그는 잘생기고 기민했으며 총명했지만, 열여섯 살 먹은 어린 내가 보기에도 뭔가 수상쩍고 거짓된 구석이 있었다. 나는 지나이다가 그걸 눈치채지 못했다는 사실에 놀라움을 금할 수가 없었다. 하지만 누가 알겠는가! 그녀는 이미 그 거짓됨을 눈치채고도 개의치 않는 것일지도 모른다. 부족한 교육, 이상한 지식과 습관, 늘 붙어 있는 어머니, 집안의 가난과 무질서, 그녀가 즐기고 있는 자유, 주변 사람들보다 우월하다는 자의식, 이 모든 것들이 그녀의 경멸하는 듯한 무심한 태도와 도덕적 냉담함을 만들어냈다. 집에 무슨 일이 생겨도, 보니파티가 와서 집에 설탕이 떨어졌다고 말해도, 추잡한 소문이 드러나도, 그녀는 그저 곱슬머리를 쓸어 넘기며 이렇게 말할 뿐 개의치 않았다. "허튼소리!"

 나의 경우, 말레프스키가 여우처럼 교활하게 그녀에게 다가가, 그녀의 의자 뒤에서 우아하게 몸을 기댄 뒤, 만족스러운 듯 멍청하게 웃으며 그녀의 귀에 대고 속삭일 때, 그래서 그녀가 팔짱을 끼고 미소 띤 얼굴로 고개를 좌우로 흔들며 그를 심각하게 바라볼 때, 피가 끓어올랐다.

"무엇 때문에 말레프스키 백작을 집에 들이는 거죠?" 내가 그녀에게 물었던 적이 있다.

"당신도 보시다시피 그에겐 작고 사랑스러운 수염이 있으니까요." 그녀가 대답했다. "하지만 당연히 당신은 이해를 못 하겠죠."

"내가 그를 사랑한다고 생각하는 건 아니겠죠?" 언젠가 한번은 내게 먼저 물은 적도 있다. "아니요, 나는 절대 그런 남자를 사랑할 수 없어요, 내가 내려다볼 수밖에 없는 남자는 말이에요. 나는 내 의지도 깨버릴 수 있는 사람이 필요해요. 하지만 절대 그런 사람은 만나지 않을 거예요! 난 누군가의 손아귀에 들어가지 않을 거라고요, 절대로!"

"다른 사람을 절대 사랑하지 않겠다는 뜻인가요?"

"당신은 어때요? 내가 당신도 사랑하지 않는 것 같나요?" 그녀가 장갑으로 내 코를 톡 때리며 쏘아붙였다.

그렇다, 지나이다는 나를 한껏 가지고 놀았다. 삼 주 동안 나는 그녀를 매일 만났고, 줄곧 나는 그녀에게 끌려다녔다! 그녀는 우리 집에 잘 놀러오지 않았지만, 그게 아쉽지는 않았다. 왜냐하면 우리 집에 오면 그녀는 어린 숙녀처럼 행동했고, 나 역시 수줍음을 탔기 때문이다. 나는 어머니 앞에서 내 모습을 들킬까 봐 두려웠고, 어머니는 지나이다를 철저하게 탐탁지 않아 하면서 우리를 적대적인 눈빛으로 바라보았다.

아버지는 그다지 신경 쓰이지 않았다. 그는 나를 못 본 척했고, 그녀에게 말도 거의 걸지 않았다. 만약 말을 건다 해도 늘 똑똑하고 날카로운 질문만 했다. 나는 공부와 독서를 포기했다. 심지어 도시 산책과 승마도 포기했다. 나는 다리를 묶인 딱정벌레처럼 별채 주위만 맴돌았다. 가능하다면 영원히 거기 머물고 싶었다…. 하지만 그러기에는 어머니의 불만이 컸고, 지나이다 역시 가끔은 나를 쫓아내기도 했다. 지나이다가 나를 쫓아내면 나는 내 방에 틀어박혀 있거나 정원 가장 먼 곳까지 걸어갔다. 정원 끝 높다란 벽돌 온실의 허물어진 벽 위로 기어 올라가서는, 도로를 마주하고 있는 벽 위로 다리를 내민 채 멍하니 앞을 바라보며 몇 시간 동안 앉아 있었다. 시들어가는 쐐기풀 위로 하얀 나비들이 느릿느릿 날아다니고, 활기찬 참새 한 마리가 부서진 벽돌 위에 내려앉아 쉬지 않고 짹짹거렸다. 아직도 나를 수상하게 쳐다보는 까마귀들은 자작나무 꼭대기에서 수시로 까악까악 울어대고, 가느다란 나뭇가지 사이로 해가 비치기도 하고 바람이 불기도 했다. 가끔은 돈스코이 수도원의 차분하고 근엄한 종소리가 들리기도 했는데, 그럴 때면 뭐라 형용할 수 없는 감정에 휩싸인 채 가만히 앉아 귀를 기울였다. 그 종소리에는 모든 것이, 슬픔과 기쁨, 불안한 예감, 삶에 대한 욕망, 삶에 대한 공포가 모두 깃들어 있었다. 하지만 당시 나는 이 모든 걸 이해하지 못했고, 내 안에서 요동치고 있는 것들에게 어떤 이름도 붙여줄 수 없었다. 아니, 굳이 노력한다면, 모든 것들에 지나이다라는 이름을 붙여줄 수 있었을까.

지나이다는 시종일관 나를 고양이가 쥐를 가지고 놀 듯 가지고 놀았다. 그녀가 내게 알랑거리면, 나는 곧바로 사르르 녹아서 어쩔 줄 몰라 했고, 그녀가 갑자기 나를 밀어내면, 나는 감히 그녀에게 다가가지도, 그녀를 쳐다보지도 못했다.

며칠 동안 그녀가 내게 거리를 뒀던 때가 기억난다. 완전히 낙담한 나는 살금살금 별채로 몰래 들어가, 공작 부인 곁에라도 가까이 있으려고 애를 썼다. 당시 공작 부인이 굉장히 기분이 나쁜 상태였는데도 말이다. 재정적인 상황이 굉장히 좋지 않아 지역 경찰서에 가서 자신의 상황을 두 번씩이나 설명해야 했던 때였다.

한번은 익숙한 정원 울타리를 지나다가 지나이다를 발견했다. 풀밭 위의 그녀는 뒤로 짚은 두 손에 몸을 기댄 채 꼼짝 않고 앉아 있었다. 나는 조용히 지나치려 했지만 그녀가 갑자기 고개를 들어 도도하게 손짓했다. 나는 그 자리에 얼어붙었다. 그녀의 손짓이 무슨 의미인지 확실히 이해가 되지 않았기 때문이다. 그녀는 다시 한번 손짓했다. 나는 즉시 울타리를 뛰어넘어 그녀에게 쪼르르 달려갔다. 하지만 그녀는 눈빛으로 나를 불러 세우더니, 자기가 앉아 있는 곳에서 두 발짝 정도 떨어진 곳을 가리켰다. 당황스럽고 창피했던 나는 길옆에 무릎을 꿇었다. 그녀의 얼굴은 너무나 창백했고, 이목구비 하나하나까지 깊은 슬픔과 엄청난 피로감을 내뿜는 것 같아 가슴이 쓰라렸다. 나는 참지 못하고 물었다.

"무슨 일인가요?"

지나이다는 손을 내밀어 풀잎을 하나 뽑더니 입에 넣고 씹다가 멀리 던져버렸다.

"당신은 나를 많이 사랑하죠, 맞죠?" 그녀가 마침내 물었다. "날 사랑하지요, 그렇죠?"

나는 대답을 하지 않았다. 굳이 대답할 필요가 없었다.

"그래요." 그녀가 계속해서 나를 쳐다보며 말했다. "날 사랑하는 거 알아요, 눈빛이 똑같은 걸 보니." 그녀는 생각에 잠긴 표정을 짓더니 두 손으로 얼굴을 감싸 쥐었다. "다 지긋지긋해." 그녀가 속삭였다. "세상 끝에 가고 싶어요. 더 이상은 못 참겠어, 못 견디겠어…. 도대체 무엇이 날 기다리고 있을까요? 아, 나는 너무 불행해, 너무 불행하다고!"

"도대체 왜 이러는 거예요?" 내가 소심한 목소리로 물었다.

지나이다는 대답 대신 어깨만 으쓱했다. 나는 계속 무릎을 꿇은 채로 심각한 고통에 빠진 사람처럼 그녀를 응시했다. 그녀가 말하는 단어 하나하나가 내 가슴을 찔렀다. 그녀의 슬픔을 덜어줄 수만 있다면 내 목숨도 내어줄 수 있었다. 나는 무엇이 그토록 그녀를 불행하게 하는지 아직 알 수 없었기에, 가만히 그녀를 바라보았다. 그리고 그녀가 참을 수 없는 슬픔에 휩싸여 정원을 뛰쳐나가다가 총에 맞은 듯 갑자기 땅에 쓰러지는 모습을 머릿속으로 생생하게 그려보았다. 주변은 온통 초록빛이었고, 너무나 밝았다. 산들바람에 나뭇잎이 바스락거리고, 지나이다의 머리 위로 이따금 라즈베리 줄기가 흔들거렸다.

멀리서 비둘기들이 구구 소리를 냈다. 꿀벌이 드문드문한 풀밭 위로 낮게 날며 윙윙거렸다. 파란 하늘이 친절하게도 환한 빛을 내리쬐고 있었지만 나는 너무나도 우울했다….

"시를 낭독해줄 수 있나요?" 지나이다가 한쪽 팔꿈치로 기대어 누운 채 다정하게 물었다. "당신이 시 낭독하는 걸 듣고 싶어요. 당신은 노래 부르듯 시를 읊죠, 정말 그래요. 하지만 상관없어요. 아주 젊은 방식이니까요. 〈그루지아의 언덕에서〉*를 읊어 줘요. 먼저 앉아보세요."

나는 자리에 앉아 〈그루지아의 언덕에서〉를 낭독했다.

"사랑하지 않을 수 없기 때문에." 지나이다는 마지막 행을 따라 읊었다. "이래서 우리가 시를 사랑하는 거죠. 실재하지 않는 것을 다루면서, 더 좋아 보이게 만들 뿐만 아니라 실재하는 것보다 더 실재처럼 보이게 해주니까요… '사랑하지 않을 수 없기 때문에', 바로 이런 거예요. 마음은 사랑하지 않으려 하지만 사랑할 수밖에 없는 것." 그녀가 다시 조용해졌다. 그러다 갑자기 벌떡 일어섰다. "같이 가요! 마이다노프 씨가 우리 어머니랑 같이 있어요. 시를 써서 가져왔는데 내가 나와버렸죠. 저 사람은 그래서 화가 났고요… 하지만 어쩔 수가 없었어요! 언젠가 당신도 알

---

* 러시아 시인 푸시킨의 대표적인 서정시.

게 되겠지만… 나한테 화내지 말아요, 지금은!"

지나이다는 내 손을 꽉 잡더니 앞으로 달려 나갔다. 우리는 같이 별채로 돌아왔다. 마이다노프는 우리에게 얼마 전 출간된 〈암살자〉를 읽어주었지만 나는 듣지 않았다. 그는 약강 4보 격의 시를 노래하는 듯한 목소리로 우렁차게 읽었다. 운율이 번갈아가며 맞아떨어졌으나 시끄러우면서도 공허했다. 그러는 동안 나는 지나이다의 얼굴만 빤히 쳐다보았다. 그녀가 내게 했던 말의 의미를 알아내고 싶었다.

아니면 남모르는 적수가
당신을 갑자기 제압해버린 것인가?

마이다노프가 갑자기 콧소리로 외쳤고, 나는 지나이다와 눈이 마주쳤다. 그녀는 살짝 얼굴이 빨개진 채로 눈을 내리깔았다. 그녀의 얼굴이 빨개지는 걸 본 나는 두려움에 멍해졌다. 전부터 질투는 하고 있었지만, 그녀가 사랑에 빠졌을지도 모른다는 생각이 든 건 이번이 처음이었다. "이런! 그녀는 사랑에 빠진 거야!"

10

나의 진짜 심각한 고통은 그때부터 시작되었다. 나는 골똘히 생각해보고, 또 새롭게 고민도 해보면서, 최대한 비밀스럽게 지나이다를 계속 관찰했다. 꽤나 눈에 띄는 여러 가지 변화가 보였다. 가끔 그녀는 손님이 와도 나와 보지 않고 몇 시간이고 방문을 걸어 잠그고 있었다. 그녀답지 않은 행동이었다. 갑자기 나는 눈에 띄게 명민해졌다. 적어도 스스로 그렇다고 상상했다. "이 사람이 그 사람인가? 아니면 저 사람인가?" 나는 나의 의심을 이 사람에게서 저 사람에게로 초조하게 옮겨가며 끊임없이 스스로에게 질문했다. 말레프스키 백작(비록 지나이다가 이 사실을 안다면 내가 무안해지겠지만)이 그중에서도 가장 위험한 인물로 보였다.

나는 역시나 아주 예민한 사람이 아니었고, 혼자서 숨기려고도 해봤지만 아무도 속일 수가 없었다. 루쉰 선생이 곧 이런 나를 꿰뚫어보았다. 그러나 그 역시 최근 들어 상당한 변화가 있었다. 그는 점점 더 야위어갔고, 예전처럼 많이 웃기는 했지만 그 웃음이 이제는 공허하고 씁쓸했으며 짧았다. 예전의 가벼운 풍자와 억지 냉소 대신 신경질적인 과민함이 자리를 잡았고, 그 과민함을 도저히 억누를 수가 없는 듯 보였다.

"여기는 왜 그렇게 자주 오는 거요, 젊은이?" 자세킨의 응접실에 단둘이 있게 되었을 때 그가 내게 물었다. (공작 부인의 딸은 산책하러 나갔다가 아직 돌아오지 않았지만, 중간층에서 하녀를 꾸짖는 공작 부인의 날카로운 목소리는 들을 수 있었다.) "자네는 아직 젊으니 공부를 하거나 일을 해야 하는 것 아니요? 지금 대체 뭘 하는 거요?"

"집에서 내가 일을 하는지 안 하는지 모르시잖아요?" 나는 애써 거만한 목소리로 대답하려 했지만, 당혹스러움을 감추는 데는 실패했다.

"오, 모른다고요? 아니요, 그렇지 않아요. 당신이 생각하는 건 일이 아닙니다. 당신과 말다툼하고 싶지 않습니다…. 당신 나이엔 그게 자연스러운 거니까요. 하지만 당신의 선택이 너무나 불행하달까요. 이 집이 어떤 곳인지 모르겠나요?"

"안타깝지만 무슨 말인지 모르겠네요." 내가 말했다.

"모르겠다고요? 그럼 더 문제군요! 당신에게 충고해주는 게 내 임무라고 생각합니다. 나 같은 늙은 미혼 남자는 이런 데 드나들어도 문제가 없어요. 우리는 철면피고, 그 어디에도 상처받지 않으니까요. 하지만 당신의 피부는 아직 부드러워요. 이곳의 분위기는 당신에게 해롭습니다. 내 말을 들어요. 이러다 감염이 될 수도 있다니까요."

"그게 무슨 말이지요?"

"말하는 그대로입니다. 지금 상태가 건강하다고 생각하나요? 정상인가요? 정말로 지금 당신이 겪고 있는 모든 것이 당신에게 이롭다고 생각하나요? 그래요?"

"아니, 지금 제가 뭘 겪고 있는데요?" 내가 물었다. 하지만 마음 깊은 곳에서는 의사의 말이 옳다는 걸 나도 알고 있었다.

"젊은이, 젊은이!" 의사는 젊은이라는 말에 굉장히 모욕적인 뜻이 담겨 있는 것마냥 이 단어를 강조해서 말했다. "사교 생활은 당신의 능력 밖에 있습니다. 당신은 생각하는 게 얼굴에 다

드러나거든요. 하지만 이렇게 말해봐야 무슨 소용이겠어요! 물론 나도 똑같은 바보니까 여기서 이러고 있는 거겠죠…." (의사가 이를 꽉 물었다.) "하지만 궁금해하지 않을 수 없는 한 가지! 당신처럼 똑똑한 사람이 이 안에서 무슨 일이 일어나고 있는지 어떻게 모를 수가 있지요?"

"무슨 일이 일어나고 있는데요?" 나는 잔뜩 경계한 채 되물었다.

의사는 비웃음과 연민이 섞인 눈빛으로 나를 쳐다보았다.

"난 참 괜찮은 사람이라니까." 그가 혼잣말하듯 말했다. "내가 왜 이런 이야기를 당신 같은 사람한테 해줘야 해?" 그가 목소리를 높여 덧붙였다. "다시 말하지만, 이곳의 공기는 당신에게 해로워요. 당신은 이곳이 즐거울지 모르겠지만 그게 무슨 소용인가요! 아무리 온실 안이 향기가 좋아도 온실 안에서 살 수는 없는 거잖아요. 내 말을 들으세요, 친구, 가서 카이다노프의 책이나 다시 펼치라고요."

바로 그 순간 공작 부인이 들어오더니 의사에게 이가 아프다며 불평을 했다. 그리고 지나이다도 나타났다.

"저 애를 좀 꾸짖어주세요, 의사 양반." 공작 부인이 말했다. "하루 종일 얼음물만 마신다니까요. 심장도 안 좋은데 괜찮을까요?"

"왜 그러는 겁니까?" 의사가 지나이다에게 물었다.

"그래 봤자 별일 있겠어요?"

"별일이요? 감기에 걸려 죽을 수도 있어요."

"그래요? 정말요? 뭐, 그런 거라면 상관없어요."

"이런 식이라는 거죠." 의사가 중얼거렸다. 공작 부인은 방을 나가버렸다.

"네, 이런 식이에요." 지나이다가 말했다. "결국 사는 건 좋은 건가요? 주위를 둘러보세요… 좋은 거냐고요? 당신은 내가 이해하지 못하고, 느끼지 못한다고 생각하겠죠? 얼음물을 마시면 난 기뻐요. 당신은 잠깐의 기쁨을 위해 내 목숨을 걸어서는 안 된다고 진지하게 말하지만, 그럼 난 행복에 대해 아무런 할 말이 없어요."

"알겠습니다." 루쉰이 말했다. "변덕과 독립심, 당신은 이 단어로 요약할 수 있습니다. 당신의 본성이 모두 그 안에 들어 있어요."

지나이다가 신경질적으로 웃었다.

"당신은 시대에 뒤떨어졌어요, 의사 선생님. 관찰도 못 하고 구식이에요. 안경이라도 좀 쓰세요. 그러면 내가 지금 변덕을 부릴 기분이 전혀 아니라는 게 보일 테니까. 당신들 모두를, 또한 나 자신까지 놀리는 건 무척이나 재미있어요. 하지만 독립심이라면… 무슈 볼데마르." 그녀가 갑자기 작은 발을 구르며 말했다. "그렇게 우울한 표정 짓지 마요! 누가 날 동정하는 건 딱 질색이니까!" 그녀는 급히 나가버렸다.

"이곳 분위기는 당신에게 해로워요, 젊은이, 아주 해로워." 루쉰이 또 같은 말을 했다.

11

그날 저녁 손님들은 또 평소처럼 자세킨의 집에 모였다. 나도 그중 하나였다.

대화는 마이다노프의 시로 흘러갔다. 지나이다는 그 시를 열렬히 칭찬했다. "하지만 실은 말이죠!" 그녀가 말했다. "내가 시인이라면 저는 좀 더 다른 주제를 선택할 거예요. 터무니없는 소리처럼 들릴 수도 있지만, 이상한 생각들이 머리에 떠오르곤 해요. 특히 잠에 들지 못할 때, 동트기 직전, 하늘이 온통 분홍색과 회색으로 변해갈 때요. 예를 들면, 저라면… 그런데 다들 저를 비웃을까 봐 무서워요!"

"아니요, 비웃지 않아요!" 우리는 한목소리로 외쳤다.

"저라면 말이죠." 그녀가 팔짱을 끼고 먼 곳을 바라보며 이야기를 이어갔다. "한밤중에 큰 배를 타고 잔잔한 강을 건너는 어린 아가씨들의 이야기를 묘사해볼 거예요. 달은 빛나고, 아가씨들은 모두 흰 옷을 입고, 하얀 꽃으로 화관을 만들어 썼죠. 그리고 찬송가 같은 노래를 부르는 거예요."

"알겠어요, 알겠어. 계속해봐요." 마이다노프가 꿈을 꾸는 듯한 표정으로 느릿느릿 말했다.

"갑자기 소음, 웃음소리, 횃불, 그리고 강가에서 들리는 탬버린 소리… 바쿠스의 사제들이 떼를 지어 뛰고, 노래하고, 소리를 쳐요. 이 장면을 묘사하는 건 당신 몫이죠, 시인님… 저라면 횃불은 아주 빨갛게, 연기는 엄청 진하게, 사제들의 눈은 빛나게, 화관은 시커멓게 묘사할 거예요. 호랑이 가죽, 포도주 잔, 금, 엄청나게 많은 금도 잊지 마세요."

"금은 어디에 두는 거죠?" 마이다노프가 뻣뻣한 머리카락을 뒤로 넘기고 콧구멍을 벌름거리며 물었다.

"어디긴요, 사람들의 어깨 위, 팔, 다리, 모든 곳에 있어야죠! 옛날 여자들은 다들 황금 발찌를 찼어요. 사제들이 배에 탄 여자들을 불러요. 아가씨들은 노래를 멈춰요. 계속 부를 수가 없어요. 하지만 꼼짝 않고 앉아 있어요. 배가 강가 쪽으로 떠내려와요. 그러다 갑자기 그들 중 한 명이 조심스럽게 일어나요… 이 부분을 능수능란하게 묘사해야 해요. 그녀가 달빛 아래에서 조용히 일어나는 모습, 사제들이 그녀 주변에 모여들어 그녀를 까만 밤 속으로, 어둠 속으로 데리고 가는 모습… 연기, 자욱한 연기, 혼란스러운 상황이 보여요… 그리고 사제들의 비명 소리가 들리더니 강가에 그녀의 하얀 화관만 남아 있는 거예요."

지나이다는 이야기를 멈췄다. "그녀는 사랑에 빠졌어!" 나는 또다시 혼잣말을 했다.

"그게 다인가요?" 마이다노프가 물었다.

"다예요." 그녀가 대답했다.

"장편시에는 어울리지 않는 주제네요." 그가 잘난 척 말했다. "하지만 서정시에는 그 아이디어를 써볼 수도 있겠어요."

"로맨틱한 느낌으로요?" 말레프스키가 물었다.

"물론 로맨틱한 느낌으로요, 바이런스럽게."

"저는 바이런보다 빅토르 위고를 더 좋아합니다." 젊은 백작이 별생각 없이 내뱉었다. "그가 더 흥미롭거든요."

"빅토르 위고는 일류 시인이죠." 마이다노프가 말했다. "그리고 내 친구 톤코셰예프도 스페인어로 쓴 소설 《엘 트로바도르》에서…."

"물음표가 거꾸로인 그 책 말인가요?" 지나이다가 끼어들었다.

"맞아요, 그게 스페인 관습이거든요. 그리고 내가 말하려던 건 톤코셰예프가…."

"오, 지금 또 고전주의니, 낭만주의니 하는 논쟁을 시작하려는 거군요!" 지나이다가 다시 한번 마이다노프의 말을 가로막았다. "우리 그냥 게임이나 하는 게 어때요…."

"내기요?" 루쉰이 물었다.

"아니요, 내기는 이제 지겨워요. 우리 '비유 게임' 해요. (이 게임은 지나이다가 발명한 것으로, 주제를 정하면 모두들 그것에 대한 비유를 찾아야 했다. 그리고 가장 멋진 비유를 말한 사람이 상을 받았다.) 그녀가 창가로 걸어갔다. 해가 막 져서 기다란 진홍빛 구름이 하늘 높이 뻗어 있었다.

"구름을 보면 무엇이 떠오르나요?" 지나이다가 물었다. 그리고 다른 사람이 대답하는 걸 기다리지도 않고, 이렇게 말했다. "제 눈에는 클레오파트라가 안토니우스를 만나러 갈 때 탔던 황금색 배에 달린 진홍빛 돛 같아요. 얼마 전에 이 이야기 했었죠, 마이다노프, 기억나나요?"

그렇게 우리는 폴로니우스가 된 것처럼 구름이 정말 그 돛을 닮았다며, 아무도 더 나은 비유는 찾을 수 없을 것 같다며 판결을 내렸다.

"안토니우스는 그때 몇 살이었나요?" 지나이다가 물었다.

"꽤나 젊었겠죠, 아마도." 말레프스키가 대답했다.

"그래요, 젊었죠." 마이다노프도 같은 생각이었다.

"실례지만." 루쉰이 말했다. "마흔이 넘었습니다."

"마흔이 넘다니!" 지나이다가 재빨리 루쉰을 쳐다보며 외쳤다.

얼마 안 가 나는 집으로 돌아왔다. "그녀는 사랑에 빠졌어." 나도 모르게 속삭였다. "그런데 누구와 사랑에 빠진 걸까?"

12

날이 갈수록, 지나이다는 더 수상해지고 더 이해할 수 없게 변해갔다. 한번은 그녀의 방에 들어갔더니 그녀가 고리버들 의자에 앉아 단단한 탁자 모서리에 머리를 대고 있었다. 그녀가 똑바로 앉자 눈물로 젖은 뺨이 보였다.

"오, 당신이군요." 그녀가 짓궂은 미소를 지으며 말했다. "어서 와요!"

나는 그녀에게 다가갔다. 그녀는 내 머리에 손을 얹더니 머리카락을 한 움큼 쥐고 비틀기 시작했다.

"아픈데요." 내가 참다못해 말했다.

"오, 아프다고요, 그래요? 그럼 나는 안 아픈 줄 아나요?" 그녀가 말했다.

"오!" 그녀는 한 움큼 뿌리까지 뽑혀 나온 내 머리카락을 보더니 갑자기 소리를 질렀다. "내가 무슨 짓을 한 거야! 불쌍한 무슈 볼데마르!"

그녀는 머리카락을 조심스럽게 매만져 손가락에 두르더니 그걸로 반지를 만들었다.

"당신 머리카락을 내 목걸이 펜던트 안에 넣어서 가지고 다닐게요." 그녀가 눈물을 글썽거리며 말했다. "이걸 지니고 다니면 당신께 뭔가 위안이 될 것 같아요…. 그럼 이제 가세요!"

집에 돌아오니 문제가 있었다. 아버지와 어머니가 다투고 있었던 것이다. 어머니는 어떤 일로 아버지를 비난하고 있었고, 아버지는 평소처럼 냉정하고 예의 바르게 침묵을 지키다가 곧 떠나버렸다. 나는 어머니가 하는 말을 잘 알아들을 수 없었다. 게다가 다른 생각할 거리들이 너무 많았다. 내가 기억하는 것이라고는 다툼 후 어머니가 자기 방으로 나를 불러 공작 부인의 집에 너무 자주 가는 것에 대해 불만을 토로했다는 점이다. 어머니의 말에 따르면 공작 부인은 무슨 짓이든 할 사람이었다. 나는 어머니의 손에 입을 맞추고(대화를 끝내고 싶을 때마다 늘 하는 행동이었다.) 내 방으로 돌아왔다. 나는 지나이다의 눈물을 도저히 이해할 수가 없었다. 이 상황을 어떻게 받아들여야 할지 몰라 눈물이 나올 것만 같았다. 나는 비록 열여섯 살이었지만 여전히 어린애였다. 나는 더 이상 말레프스키를 생각하지 않았다. 벨로브조로프가 매일 같이 사나워지고, 마치 양을 노리는 늑대처럼 말쑥한 차림의 백작을 노려보아도 관심이 없었다. 나는 그 무엇도, 그 누구도 생각하지 않았다. 나는 무언가에 정신이 팔린 듯 한적한 곳을 찾아다녔다. 나는 무너져가는 온실을 특별히 좋아했다. 나는 그 높은 담장에 기어 올라가, 나 자신이 너무나 가엽다고 생각하며 외롭고 슬픈 청춘인 것마냥 거기 앉아 있곤 했다. 나는 그런 우울한 감정을 즐겼고, 그 감정에 푹 빠져 있었다.

어느 날 그 담장 위에 앉아 먼 곳을 내다보며 교회 종소리를 듣고 있는데… 갑자기 뭔가 오싹한 느낌이 들었다. 바람이 부는 것도 아니고 몸서리를 친 것도 아니었다. 누군가 가까이에 있는 느낌이었다…. 나는 아래를 내려다보았다. 지나이다가 밝은 회색 드레스를 입고 분홍색 양산을 한쪽 어깨에 얹은 채 길을 따라 서둘러 지나가고 있었다. 그녀 역시 나를 발견하고는 멈춰 서더니, 밀짚모자 챙을 들어 올리며 부드러운 눈길로 나를 올려다보았다.

"거기서 뭐 해요?" 그녀가 수상하게 웃으며 물었다. "저기요!" 그녀가 말했다. "당신은 항상 나를 사랑한다고 하잖아요. 정말 나를 사랑한다면 여기 길 쪽으로 뛰어내려 보세요."

그녀가 말을 꺼내자마자 나는 뒤에서 누가 나를 민 것처럼 곧바로 몸을 날렸다. 담장은 사 미터가 넘었다. 나는 발부터 착지했지만 그 충격이 너무 심해서 똑바로 서 있지 못하고 쓰러져 잠시 정신을 잃었다. 아직 눈을 뜨지는 않았지만 정신이 든 순간 지나이다가 내 옆에 있는 게 느껴졌다. "오, 귀여운 사람!" 그녀가 나를 향해 몸을 숙이며 말했다. 그녀의 목소리에서 걱정과 애정이 느껴졌다. "어떻게 이런 행동을 할 수 있어요, 왜 내 말을 들은 거예요? 나도 당신을 사랑한다는 거 알잖아요! 어서 일어나요!"

나는 내 바로 옆에서 오르락내리락하는 그녀의 가슴, 내 머리를 쓰다듬는 그녀의 손길을 느꼈다. 그리고 잠시 후 그녀가 부드럽고 생기 넘치는 입술로 내 얼굴에 키스를 퍼부었다. 심지어 내 입술에 그녀의 입술이 닿기도 했다…. 하지만 지나이다는 내 표정을 보더니 내가 정신을 차렸다는 사실을 눈치챈 모양이었다. 그녀가 허둥지둥 일어나더니 말했다.

"이런, 일어나요. 이 개구쟁이, 이 나쁜 사람! 이렇게 먼지 많은 곳에 누워 있으면 안 돼요!" 나는 자리에서 일어났다. "내 양산 주세요." 지나이다가 말했다. "내가 양산을 어디에 떨어뜨린 거죠? 그리고 날 그런 식으로 쳐다보지 말아요… 바보 같으니까! 다쳤어요? 쐐기풀에 찔린 거 같은데요? 그런 식으로 보지 말라니까요! 아니, 왜 내 말을 듣지도 않고, 대답도 안 한담." 그녀가 혼잣말하듯 덧붙였다. "이제 집에 가요, 무슈 볼데마르. 가서 옷 털고, 날 따라오지 말아요. 또 따라오면 화낼 거예요. 그리고 다시는…"

그녀는 말을 다 끝맺기도 전에 서둘러서 사라졌다. 나는 무릎이 떨려서 길가에 앉았다. 손은 쐐기풀에 찔리고 등도 아프고 머리도 어지러웠지만, 그 이후로 나는 그때처럼 행복한 기분을 느껴본 적이 없었다. 그 행복감은 팔다리 전체에 달콤한 통증처럼 느껴지다가, 결국엔 황홀감에 빠져 폴짝폴짝 뛰고 소리를 지르는 형태로 분출되었다. 역시나 나는 아직 어린아이였다.

13

그날은 하루 종일 자신만만하고 행복했다. 지나이다가 내 얼굴에 입을 맞추던 그 감촉이 아직도 너무나 생생했다. 나는 그녀가 했던 말 하나하나를 떠올리며 온몸이 떨릴 듯한 환희를 느꼈고, 나의 갑작스러운 행운이 너무나 소중하게 느껴져 겁이 났다. 심지어 이 모든 새로운 감정의 원인이 된 그녀를 만나고 싶지도 않을 정도였다. 나는 더 이상 운명에 바랄 게 없는 사람처럼 느껴졌다. '마지막 숨을 들이쉬고 죽을' 때가 온 것 같은 느낌이었다. 하지만 다음 날, 별채로 출발하면서 나는 과하게 남의 시선을 의식한다는 생각이 들었다. 나는 소박한 친밀함이라는 가면 아래 이 감정을 숨기려 애썼지만 소용이 없었다. 비밀을 지킬 수 있다는 사실을 뽐내고 싶어 하는 사람에게 이 방법이 적합할 거라고 생각했는데 말이다. 지나이다는 일말의 감정 표현도 없이 평소처럼 나를 대했다. 그저 나를 향해 손가락을 흔들며 멍든 데가 없는지 묻는 게 다였다. 나의 소박한 친밀함과 비밀스러움, 그리고 과한 자의식까지도 순식간에 사라져버렸다. 물론 특별한 표현을 기대한 건 아니었지만, 지나이다의 차분한 반응은 마치 찬물을 끼얹는 것 같은 작용을 했다. 그녀의 눈에 나는 그저 어린아이에 불과하다는 걸 깨달았다. 이 사실이 얼마나 슬프던지! 지나이다는 방 안을 이리저리 서성이다가, 나와 눈이 마주칠 때마다 내게 잠깐씩 미소를 지어보였으나, 머리로는 다른 생각을 하고 있다는 걸 알 수 있었다. '어제 일을 내가 먼저 언급해야 하는 건가?' 나는 생각했다. '그렇게 서둘러서 어딜 갔던 건지 물어볼까? 내 궁금증을 해결해볼 겸…' 하지만 나는 포기하고 방 한구석에 조용히 앉아 있었다.

벨로브조로프가 들어왔다. 그를 보니 상당히 반가웠다.

"당신이 탈 만한 승용마를 찾을 수가 없더군요." 그가 담담하게 말했다. "프라이타크 씨가 한 마리 구해주겠다고는 했지만 성질이 괜찮은 말인지 확신할 수가 없어 겁이 나는군요."

"무얼 겁내는 거죠?" 지나이다가 물었다. "설명해주실 수 있나요?"

"왜냐고요? 당신은 실제로 말을 탈 줄 모르잖아요. 그러다 무슨 일이라도 생기면 어떡하나요, 물론 그러면 안 되겠지만! 그런데 왜 갑자기 말을 타겠다는 건가요?"

"당신이 신경 쓸 일이 아니에요, 야수 같은 벨로브조르프 씨. 그럼 표트르 바실리예비치 씨에게 부탁을 해봐야겠네요…"(우리 아버지의 이름이 표트르 바실리예비치였다. 나는 그녀가 아버지의 이름을 아무렇지 않게 부르는 데에 놀랐다. 마치 아버지라면 자신을 도와줄 것이라고 확신하는 듯 말이다.)

"알겠습니다." 벨로브조로프가 말했다. "같이 말을 타고 싶은 사람이 바로 그분인가 보군요!"

"내가 그 사람과 말을 타든, 다른 누군가와 말을 타든, 당신에겐 아무런 차이가 없을 거예요. 어쨌든 당신과 타지는 않을 거니까요."

"나랑 타지는 않는다…." 벨로브조로프가 이 말을 되풀이했다. "좋을 대로 하시죠. 알겠습니다. 어쨌든 말은 준비해드리죠."

"꼭 말이어야 해요, 소는 안 돼요. 미리 말하지만 전속력으로 달리고 싶어서 그러는 거니까요."

"전속력으로 달리려는 거군요! 그럼 같이 달리고 싶은 사람이 말레프스키입니까?"

"물론 말레프스키도 안 될 건 없죠, 우리의 용감한 군인님. 아니, 진정하세요. 그렇게 노려보지 마시라고요, 당신도 데려갈 거니까요. 당신도 아시다시피 요즘 말레프스키는 나에게… 윽!" 그녀가 고개를 새침하게 돌렸다.

"나를 위로하려고 괜히 하는 소리군요." 벨로브조로프가 중얼거렸다.

지나이다가 눈을 가늘게 뜨고 그를 바라보았다.

"그게 위로가 되나요? 오, 당신은… 정말 군인이로군요!" 그녀는 마땅한 욕을 찾지 못한 사람처럼 마지막 말을 내뱉었다. "그럼, 무슈 볼데마르, 당신도 같이 갈 건가요?"

"나는… 여러 사람과 같이 가는 건 싫어요…." 나는 차마 눈을 마주치지도 못한 채 더듬거렸다.

"오, 당신은 일대일을 선호하는군요, 그렇죠? 좋아요, 각자 취향이 있으니까요." 그녀가 한숨을 쉬었다. "그럼, 벨로브조로프 씨, 계속 수고해주세요! 말은 내일까지 구해주셔야 해요."

"돈은 어디서 나는데?" 공작 부인이 참견을 했다.

지나이다가 얼굴을 찌푸렸다.

"어머니한테 달라고 하지는 않을 거예요. 벨로브조로프 씨는 날 믿고 빌려오시는 거니까요."

"믿어… 믿는다고?" 공작 부인이 중얼거렸다. 그러다 갑자기 목소리를 높여 소리쳤다. "두냐스카!"

"어머니, 제가 종을 드렸잖아요." 딸이 어머니를 훈계하듯 말했다.

"두냐스카!" 공작 부인은 또 소리를 질렀다.

벨로브조로프가 작별 인사를 했다. 나도 그와 함께 집을 나왔다…. 하지만 지나이다는 날 잡으려는 시도조차 하지 않았다.

14

 다음 날 일찍 일어난 나는 막대기를 하나 꺾어 들고 성문 밖을 서성였다. 나의 슬픔을 떨쳐내 볼 생각으로 나간 것이었다. 날씨는 좋았다. 화창했지만 너무 덥지는 않았다. 신선하고 활기찬 바람이 불어와 세상 모든 것들을 장난스럽게 흔들어놓으면서도, 그 무엇도 흩트려놓지는 않았다. 나는 언덕을 넘고 숲을 통과하며 오랫동안 배회했다. 행복하지는 않았다. 어차피 슬픔에 흠뻑 빠져 있을 생각으로 집을 나섰기 때문이었다. 하지만 젊음, 아름다운 날씨, 신선한 공기, 빠른 발걸음이 주는 기쁨, 빽빽한 잔디밭 위에 홀로 누워 있는 호사스러움에는 나름의 효과가 있었다. 잊을 수 없는 그녀의 말, 그녀의 키스에 대한 생각이 다시 한번 내 영혼을 가득 채웠다. 내가 결단력과 용기를 모두 가지고 있다는 사실을 지나이다도 부인할 수는 없을 거라고 생각하니 만족스러웠다…. "그녀가 나보다 다른 사람을 더 선호할 수는 있지! 하지만 다른 사람들은 자신이 무엇을 할지 말만 하지만, 나는 행동을 하는걸! 내가 그녀를 위해 할 수 있는 일에 비하면 그 사람들이 말하는 건 아무것도 아닌걸…."

 나는 상상의 나래를 펼쳤다. 악당들에게 붙잡힌 그녀를 구해내는 상상도 하고, 머리부터 발끝까지 피투성이가 된 내 모습도 그려보았다. 지하 감옥에서 그녀를 구하다가 그녀의 발밑에서 죽어가는 장면도 그려보았다. 나는 응접실 벽에 걸려 있는 그림속 말렉 아델이 말을 타고 마틸드를 납치하는 장면이 생각났다. 그러다 커다란 점박이 딱따구리에 관심이 쏠렸다. 가느다란 자작나무 줄기를 부산스럽게 오른 딱따구리는 콘트라베이스 뒤에 앉아 있는 연주자처럼 한 번은 이쪽으로, 또 한 번은 저쪽으로 열심히 고개를 내밀었다.

잠시 후 나는 '그건 하얀 눈이 아니었어'라는 노래를 불렀다. 부르다 보니 당시 유행하던 발라드 '장난스러운 바람이 불어올 동안, 나는 당신을 기다려요'로 넘어갔다. 그러고는 호먀코프*의 비극에 나오는 예르마크의 '별을 향한 호소'를 큰 소리로 외치기 시작했다. 나는 감상에 젖어 직접 시를 한 편 써보려 했다. 심지어 마지막 행은 '오, 지나이다, 지나이다!'로 마무리하는 것까지 생각하고 시도했지만 아무것도 나오지 않았다. 슬슬 저녁 시간이 다가오길래 나는 도시로 향하는 좁은 모랫길을 따라 구불구불 골짜기를 내려갔다. 그러던 중 뒤에서 말발굽 소리가 들려왔다. 뒤를 돌아본 나는 나도 모르게 멈춰 서서 모자를 벗었다. 지나이다와 아버지가 나란히 말을 타고 있었던 것이다. 아버지는 안장 너머로 몸을 숙인 채 그녀에게 무어라 말을 하고 있었고, 한 손으로는 말의 목에 손을 얹고 있었다. 그의 얼굴에 미소가 번졌다. 지나이다는 조용히 아버지의 말에 귀를 기울였다. 눈은 엄숙하게 내리깔고 입술은 굳게 다문 모습이었다. 처음에는

---

* 19세기 러시아의 시인이자 사상가.

그 두 사람만 보였지만 잠시 후 벨로브조로프도 눈에 들어왔다. 길모퉁이에 가려서 보이지 않았던 그는 성미 사나운 새카만 말을 타고 제복에 털 장식 망토를 걸치고 있었다. 그가 탄 말이 머리를 들어 올리며 힝 소리를 내고 껑충거리자, 벨로브조로프가 고삐를 잡고는 동시에 박차를 가하며 말을 몰았다. 나는 길옆으로 물러났다. 아버지가 고삐를 잡더니 자세를 고쳐 앉았고, 지나이다는 아버지를 향해 천천히 눈길을 주었다. 그러더니 두 사람은 나를 지나 전속력으로 달렸다. 벨로브조로프가 칼을 덜거덕거리며 두 사람을 쫓아갔다…. '저 사람은 바닷가재처럼 얼굴이 빨개졌네.' 나는 생각했다. '그런데 그녀는… 왜 저렇게 창백하지? 오전 내내 말을 탔는데, 저렇게 창백하다고?'

  나는 걸음을 재촉해 저녁 시간 전에 집에 도착했다. 아버지는 이미 옷을 갈아입고 깔끔하게 씻은 상태로 어머니의 안락의자 옆에 앉아 있었다. 그리고 부드럽고 차분한 목소리로 어머니에게 《주르날 데 데바》*의 기사를 읽어주고 있었다. 어머니는 멍하니 듣고 있다가, 내가 나타나자마자 여태 뭘 했던 거냐고 물었다. 그러더니 자신은 어디에서 누구랑 있는지 알리지도 않은 채 돌아다니는 사람들을 싫어한다고 덧붙였다. 나는 혼자 산책하러 나간 거라고 말하려다가, 아버지를 보고는 그냥 입을 다물기로 했다.

---

* Journal des Débats. 19세기 프랑스에서 가장 영향력 있던 일간지.

15

이후로 대엿새 동안은 지나이다를 거의 보지 못했다. 그녀는 아파서 그런 거라 했지만, 그렇다고 해서 늘 별채를 드나들던 사람들의 이른바 '출근'을 막지는 못했다. 다만 마이다노프는 예외였다. 그는 자신이 열광할 만한 이유가 사라지자, 낙담한 나머지 실의에 빠졌다. 벨로브조로프는 시뻘건 얼굴로 목까지 옷 단추를 채운 채 구석에 뿌루퉁하게 앉아 있었다. 말레프스키 백작의 미묘한 표정에서는 끊임없이 냉소적인 미소가 나타났다 사라지곤 했다. 그는 지나이다의 눈 밖에 나자, 그 어느 때보다 공작 부인에게 친절을 베풀고 있었다. 실제로 그는 자신이 빌려온 마차에 공작 부인을 태워 지사에게 데려다주기도 했지만 결국 만남이 성사되지 않았고, 심지어 말레프스키 자신에게도 불쾌한 일이 생기고 말았다. 이 일로 그가 특정 공병대 장교들과 연루된 사건이 떠올랐고, 당시 자신의 나이가 어리고 경험이 부족했다는 변명밖에 할 수가 없었다. 루쉰은 하루에 두 번씩 별채에 찾아왔지만 오래 머물지는 않았다. 그와 마지막으로 대화를 나눈 이후로 나는 약간 그가 두려웠지만, 동시에 진심으로 그에게 관심이 생겼다. 한번은 그와 같이 네스쿠치느이 정원으로 산책을 하러 간 적이 있었다. 그는 매우 상냥하고 온화했으며, 온갖 식물과 꽃의 이름과 특징을 다 알려주었다. 그러던 그가 난데없이 자기 이마를 탁 치더니 이렇게 소리쳤다. "내가 정말 바보였지. 난 그녀가 단순히 바람둥이인 줄 알았지 뭐야! 자기희생을 즐기는 사람도 분명히 있을 텐데 말이야."

"그게 무슨 말인가요?" 내가 물었다.

"당신에게는 아무 말도 해줄 수 없소!" 루쉰이 까칠하게 대답했다.

지나이다는 나를 피했다. 그녀가 나를 불쾌하게 여긴다는 사실을 눈치채지 않을 수가 없었다. 그녀는 본능적으로 나를 외면하는 것 같았다. 그리고 나는 이 사실이 너무 고통스럽고 견디기 힘들었다. 하지만 어쩔 도리가 없었다. 나는 그녀의 시야에서 벗어나려고 노력하면서 멀리서만 그녀를 지켜보려 했지만 이마저도 매번 성공하는 건 아니었다. 그녀의 마음속에서는 여전히 이해할 수 없는 무언가가 진행되고 있었다. 얼굴이 뭔가 달라졌고 전체적인 태도도 변했다. 어느 따뜻하고 고요한 저녁, 그녀의 변화가 특히나 뼈저리게 느껴지는 사건이 일어났다. 나는 넓게 뻗어서 자란 딱총나무 아래 나지막한 벤치에 앉아 있었다. 그 자리에서 지나이다의 방 창문이 보였다. 작은 새 한 마리가 머리 위 시커먼 나뭇잎 사이를 바쁘게 뛰어다녔고, 회색 고양이 한 마리는 몸을 쭉 뻗으며 정원으로 살금살금 들어오고 있었다. 때 이른 왕풍뎅이들이 해가 졌음에도 아직 환한 하늘에서 웅웅거리며 날아다녔다. 나는 혹시나 창문이 열리기를 기대하며 그쪽을 바라보고 있었다. 그런데 잠시 후 정말로 창문이 벌컥 열리더니 지나이다가 나타났다. 그녀는 하얀 드레스를 입고 있었는데, 그녀의 얼굴, 어깨, 팔 전체가 그 드레스만큼이나 하얬다. 그녀는 한참 동안 움직이지 않고 가만히 서서 눈썹을 찌푸린 채로 앞만 바라보고 있었다. 그녀의 이런 눈빛은 처음이었다. 잠시 후 그녀는 두 손을 꽉 쥐더니, 그 손을 입술로, 그리고 이마로 가져갔다. 그러고는 또 갑자기 손가락을 쫙 펼치고서 머리카락을 귀 뒤로 쓸어 넘기더니, 머리를 저었다. 그런 뒤 뭔가 결심한 듯 고개를 한 차례 끄덕이더니 창문을 쾅 닫아버렸다.

사흘 뒤 그녀를 정원에서 마주쳤다. 내가 돌아서서 가려는데 그녀가 날 잡아 세웠다.

"이리 와서 손 좀 줘보세요." 그녀가 예전처럼 상냥하게 말했다. "우리 편하게 담소를 나눈 지 꽤 오래됐네요."

나는 그녀를 바라보았다. 그녀의 눈이 은은하게 빛났고, 어렴풋이 미소도 짓고 있는 것 같았다.

"아직도 몸이 안 좋은가요?" 내가 물었다.

"아니, 아니요. 다 나았어요." 그녀가 조그맣고 빨간 장미 한 송이를 뽑으며 말했다. "아직 조금 피곤하긴 하지만 괜찮아질 거예요."

"그럼 예전 모습으로 돌아가는 건가요?" 내가 물었다.

지나이다는 꽃을 자기 얼굴로 가져갔다. 생생한 꽃잎 그림자가 그녀의 뺨 위에 드리워졌다.

"왜요, 제가 변한 것 같나요?"

"맞아요." 내가 조용히 말했다.

"내가 당신에게 차갑게 굴었죠, 저도 알아요." 지나이다가 말했다. "하지만 그런 건 신경 쓰지 말아요… 저도 어쩔 수가 없었어요… 그런데 이런 이야기가 다 무슨 소용일까요?"

"당신은 내가 당신을 사랑하는 걸 원치 않잖아요, 그게 다예요!" 내가 갑작스러운 충동에 못 이겨 침울한 말투로 소리쳤다.

"아, 그래요, 맞아요. 대신 예전과는 다른 방식으로 사랑하면 되잖아요."

"어떻게 말인가요?"

"친구로 지내요, 그게 방법이에요." 지나이다가 내게 향을 맡아보라며 장미를 내밀었다. "나는 당신보다 나이가 훨씬 많아요. 당신도 알다시피 거의 이모뻘, 아니 큰누나뻘이에요. 그러니 당신은…."

"어차피 당신이 보기에 난 어린아이일 뿐이잖아요…."

"물론 그래요. 하지만 내가 굉장히 좋아하는 사랑스럽고, 착하고, 똑똑한 아이죠. 그거 알아요? 오늘부터 당신을 나의 시동으로 임명하겠어요. 시동은 절대 여왕 곁을 떠나선 안 된다는 걸 잊지 말아요. 여기 배지가 있어요." 그녀가 내 단춧구멍에 장미꽃을 꽂으며 말했다. "당신을 향한 호의의 징표예요."

"전에도 다른 호의의 징표를 줬잖아요." 내가 중얼거렸다.

"아, 기억력이 참 좋군요!" 지나이다가 말했다. "뭐, 지금 또 하나 줘도 상관없죠…."

그러더니 그녀가 내게 다가와, 내 이마에 순수하고도 차분한 입맞춤을 남겼다.

  나는 그녀를 바라볼 수밖에 없었고, 그녀는 이렇게 말하며 돌아섰다. "날 따라와요, 나의 시동." 그녀가 별채 쪽으로 걸어갔다. 나는 어리둥절한 상태로 그녀를 쫓아갔다. 나는 생각했다. '이 상냥하고 분별 있는 아가씨가 내가 알던 지나이다가 맞단 말인가?' 그녀는 걸음걸이마저 예전보다 더 차분해 보였고, 전체적인 모습도 더 위엄 있고, 더 우아해 보였다….

  이런, 그녀를 향한 내 사랑이 다시 불타오르다니!

16

  저녁 식사 후 평소처럼 손님들이 별채에 모여들었고, 공작 부인의 딸도 방에서 나와 그들을 맞았다. 잊을 수 없는 그 첫날 저녁처럼 모두들 빠짐없이 거기 모여 있었다. 니르마츠키마저 어슬렁거리며 찾아왔다. 마이다노프는 새로 지은 시를 가지고 가장 먼저 나타났다. 우리는 또 벌칙 게임을 했지만 예전처럼 제멋대로 뛰어다니지도 않았고, 광대 짓을 하거나 시끄럽게 하지도 않았다. 우리의 놀이에서 집시 같은 분위기가 사라진 것이다. 지나이다는 우리의 파티를 새로운 분위기로 이끌었다. 나는 시동 자격으로 그녀 옆에 앉았다. 그녀는 수많은 게임 중에서 어떤 표시가 있는 제비를 뽑은 사람이 자신의 꿈 이야기를 하는 게임을 제안했다. 하지만 결과가 좋지 않았다. 꿈이 너무 따분하거나(벨로브조로프는 자기 말에게 잉어를 먹이는 꿈을 꾸었고, 말 머리가 나무로 되어 있었다고 했다.) 꾸며낸 것처럼 부자연스러웠다…. 마이다노프는 아예 우리에게 소설을 들려주었다. 그의 꿈에는 지하 무덤, 리라를 든 천사, 말하는 꽃, 멀리서 들려오는 음악 소리까지 등장했기에…. 지나이다는 그의 이야기를 끝까지 들으려 하지도 않았다. "음, 이렇게 지어내서 말할 거면." 그녀가 말했다. "차라리 한 번도 일어나지 않았던 일에 대해 말해보는 건 어때요." 그녀가 말했다. 다시 한번 벨로브조로프가 첫 번째 순서를 맡았다.

젊은 경기병은 갈팡질팡했다. "아무것도 떠오르질 않아요." 그가 외쳤다.

"말도 안 돼요!" 지나이다가 소리쳤다. "그럼 당신이 결혼을 했다고 상상해봐요. 그리고 당신 아내를 어떻게 대할지 말해보세요. 당신이라면 아내를 집에 가둬놓겠죠?"

"네, 그러겠죠."

"그리고 늘 부인 옆에 붙어 있겠죠?"

"물론입니다."

"좋아요. 그럼 아내가 싫증이 나서 당신을?"

"죽일 겁니다."

"도망치면요?"

"쫓아가서 죽일 겁니다."

"좋아요. 그럼 만약 내가 당신 아내라면, 어떻게 하실 건가요?"

벨로브조로프는 잠시 말이 없었다.

"자살할 겁니다."

지나이다가 웃음을 터트렸다.

"당신 이야기는 그리 길지 않군요." 그녀가 말했다.

다음은 지나이다가 제비를 뽑았다. 그녀는 생각에 잠겨 천장을 쳐다보았다.

"자, 들어보세요." 마침내 지나이다가 말했다. "내가 지어낸 이야기는 이거예요. 아름다운 궁전, 여름밤, 그리고 멋진 무도회를 상상해보세요. 젊은 여왕이 손님들을 맞고 있어요. 황금, 대리석, 수정, 실크, 등불, 다이아몬드, 꽃, 향료, 상상할 수 있는 모든 사치품이 잔뜩 널려 있어요."

"당신은 사치품을 좋아하는군요, 그렇죠?" 루쉰이 끼어들었다.

"사치품은 우아하니까요." 그녀가 쏘아붙였다. "그리고 난 우아한 걸 좋아하니까요."

"아름다운 것보다요?" 그가 다시 또 물었다.

"왜 그렇게 교묘한 질문을 하세요. 무슨 의도인지 모르겠네요. 이제 그만 끼어들어요! 자, 어쨌든 정말 훌륭한 무도회예요. 손님들이 무척 많이 왔고, 다들 젊고, 잘생기고, 용감한 데다 여왕과 사랑에 빠지는 데에 전념하고 있어요."

"손님 중에 여자는 없나요?" 말레프스키가 물었다.

"없어요… 어디 보자… 아, 있네요."

"다들 엄청 못생긴 여자들인가요?"

"모두들 매력적이에요. 하지만 남자들은 모두 여왕에게 빠져 있죠. 여왕은 키도 크고 늘씬해요…. 검은 머리 위에는 작은 황금 왕관을 쓰고 있고요."

나는 지나이다를 바라보았다. 바로 그 순간 그녀가 우리보다 훨씬 커 보였고, 그녀의 하얀 이마, 쭉 뻗은 눈썹에서 눈부신 총명함과 권력이 드러나는 것 같아 나는 생각했다. '당신이 바로 그 여왕이군요.'

"모두가 여왕 주변을 둘러싸고 있어요." 지나이다가 계속 말했다. "여왕을 향해 알랑거리는 말을 하면서요."

"여왕은 아첨을 좋아하나요?" 루쉰이 물었다.

"오, 당신은 정말 구제 불능이군요, 이렇게 번번이 끼어들다니…. 아첨을 좋아하지 않는 사람이 있나요?"

"그럼 마지막 질문이요." 말레프스키가 거들었다. "여왕에겐 남편이 있나요?"

"그건 아직 생각을 안 해봤네요. 아, 없어요, 여왕에게 남편이 왜 필요하겠어요?"

"물론이죠." 말레프스키가 말했다. "남편이 왜 필요하겠어요?"

"조용!" 마이다노프가 형편없는 프랑스어로 소리쳤다.

"고마워요!" 지나이다가 말했다. "그래서 여왕은 아첨하는 소리와 음악을 들으며 앉아 있어요. 하지만 손님들을 쳐다보지는 않아요. 천장부터 바닥까지 이어진 기다란 창문 여섯 개가 열려 있고, 창문 너머 까만 하늘에는 셀 수 없이 많은 별들이 박혀 있어요. 어두운 공원에도 셀 수 없을 정도로 나무들이 가득하고요. 여왕은 공원을 내다봐요. 나무 사이에, 어둠 속에서도 하얗게 빛나는 분수가 있어요. 아주 높아요. 헛것을 본 걸로 착각할 만큼 높다란 분수예요. 여왕은 말소리와 음악 소리 너머 조용한 물소리에 귀를 기울여요. 그녀는 창밖을 보며 이렇게 생각해요. '그래요, 신사 여러분들, 당신들은 모두 상류층에다 지혜롭고 부유하죠. 당신들은 내 주위에 모여들어서 내가 내뱉는 모든 말들을 소중하게 여기고, 내 발밑에서 죽을 각오를 하고 있어요. 당신들은 모두 내 손아귀에 있지요…. 하지만 저기 분수 옆에, 저 뿜어져 나오는 물 옆에, 내가 사랑하는 사람, 나를 지배하는 사람이 나를 기다리며 서 있어요. 그에게는 값비싼 옷도 없고 보석도 없죠. 그리고 아무도 그를 몰라요. 하지만 그는 나를 기다리며 서 있어요. 그리고 그는 내가 자기를 만나러 올 거라는 걸 알고 있어요. 그리고 난 갈 거예요. 저 어두운 공원으로, 나무는 바스락거리고 분수가 물을 뿜어내는 저곳으로요. 내가 그를 만나러 가고 싶고, 그와 함께 있고 싶고, 그에게 완전히 빠져버리고 싶다고 생각하는 이상 나를 막을 만큼 강력한 힘은 없거든요….'

지나이다가 말을 멈췄다.

"그거… 정말 순수하게 지어낸 이야기인가요?" 말레프스키가 돌려서 물었다.

지나이다는 그에게 눈길도 주지 않았다.

"우리라면 어떻게 했을지 궁금하네요, 신사 여러분." 갑자기 루쉰이 말했다. "우리가 그 손님들 사이에 있고, 행운의 남자가 분수 옆에 서 있는 걸 안다면 말이죠?"

"잠깐, 잠깐만요!" 지나이다가 끼어들었다. "여러분들 각자가 어떻게 행동할 것 같은지 내가 말해볼게요. 벨로브조로프 씨, 당신은 그에게 결투를 신청하겠죠. 마이다노프 씨는 그에 관한 짧은 풍자시를 쓸 것 같고요… 아니, 아니에요. 당신은 풍자시를 쓸 줄 모르니까 바르비에* 형식으로 긴 약강격 시를 쓸 것 같아요. 그러고는《텔레그라프》**에 그 시를 공개하겠죠. 니르마츠키 씨, 당신은 그에게 돈을 빌릴 것 같네요. 아니, 높은 이자로 그에게 돈을 빌려줄 것 같네요. 그리고 의사 선생님은." 그녀가 잠시 말을 멈췄다. "어떻게 할지 잘 모르겠어요."

"저라면 궁중 의사로서." 루쉰이 대답했다. "재미있게 놀 기분이 아니면 무도회를 열지 말라고 여왕에게 조언할 것 같네요."

"그 말이 맞는 것도 같아요. 당신은 어때요, 백작님?"

"저요?" 백작이 사악한 미소를 지으며 말했다.

"당신이라면 그에게 독이 든 초콜릿을 줄 것 같아요."

말레프스키는 움찔 놀라며 매우 음흉한 표정을 지었지만, 곧바로 웃음을 터트렸다.

---

* 오귀스트 바르비에. 프랑스의 극작가이자 시인.
** 런던에서 발행된 영국의 대표 일간 신문.

"볼데마르 당신이라면…." 지나이다가 이어서 말했다. "이 이야기는 충분히 한 것 같네요. 이제 다른 놀이를 하죠."

"무슈 볼데마르는 충직한 시동으로서, 공원으로 달려가는 여왕의 옷자락을 잡을 것 같네요." 말레프스키가 표독하게 말했다.

나는 얼굴이 새빨개졌다. 하지만 지나이다는 내 어깨에 손을 얹고 일어서더니 다소 떨리는 목소리로 말했다. "그렇게 무례하게 굴어도 된다는 권리를 드린 적이 없습니다, 백작님. 그러니 어서 저희 집에서 나가주시죠." 그녀가 문을 가리켰다.

"정말입니까, 아가씨?" 말레프스키가 창백해진 얼굴로 중얼거렸다.

"아가씨 말이 맞습니다!" 벨로브조로프도 벌떡 일어나며 외쳤다.

"절대로 그런 뜻이 아니었습니다." 말레프스키가 말했다. "내 말에 그런 뜻이 있으리라고는… 화나게 할 의도는 추호도 없었다고요…. 죄송합니다."

지나이다는 그를 향해 싸늘한 눈빛을 쏘더니 쌀쌀맞게 웃었다. "그럼 그냥 남아 있으세요." 그녀가 자연스럽게 손짓하며 말했다. "무슈 볼데마르와 제가 쓸데없이 화를 낼 뻔했잖아요. 당신은 남을 자극하는 걸 좋아하는군요."

"죄송합니다." 말레프스키가 거듭 말했다. 나는 지나이다가 보여주었던 몸짓을 다시 떠올리면서, 진짜 여왕도 그 정도로 위엄 있게 문을 가리키지는 못할 거라고 생각했다.

이 사건 이후 벌칙 게임은 오래 이어지지 않았다. 모두들 다소 어색해했는데, 이는 방금 벌어진 작은 소동 때문이라기보다는 설명하기는 힘들지만 뭔가 답답한 감정 때문이었다. 아무도 언급하지는 않았지만 모두들 이 감정을 의식하고 있었고, 다른 사람들도 마찬가지라는 걸 알고 있었다. 마이다노프는 자신의 시를 낭독했고, 말레프스키는 과장되게 열광하며 시를 칭찬했다.

"착하게 보이려고 얼마나 안간힘을 쓰던지!" 루쉰이 내 귀에 대고 속삭였다.

곧 우리는 모두 집으로 돌아갔다. 지나이다가 갑자기 생각에 잠기는 듯하더니 자기 어머니를 통해 두통이 있다고 알려왔기 때문이다. 니르마츠키도 류머티즘 때문에 아프다고 투정했다.

난 오랫동안 잠을 잘 수 없었다. 지나이다의 이야기가 너무나 큰 인상을 남겼기 때문이다. "무슨 의도가 숨어 있는 걸까?" 나는 나 자신에게 물었다. "만약 그런 거라면, 누구에게 무엇을 암시하는 걸까? 그리고 그 이야기 안에 어떤 진실이 숨어 있을까? 설마 그런 건 아니겠지… 아니, 그건 불가능해." 나는 빨개진 얼굴로 거듭 돌아누우며 속삭였다…. 하지만 그 이야기를 하던 지나이다의 표정이 떠올랐다…. 네스쿠치느이 공원에서 산책하다가 루쉰이 불쑥 소리쳤던 일도 생각나고, 나를 대하는 그녀의 갑작스러운 태도 변화도 생각났다…. 나는 이런저런 생각을 하느라 진이 다 빠졌다.

"그 사람이 누굴까?" 이 문장이 어둠 속에 불로 새겨놓은 것처럼 눈앞을 떠나지 않았다. 내 앞에 불길한 구름이 낮게 떠 있는 것 같았다. 나는 얼른 이 구름이 흩어지기를 기대했다. 나는 최근 자세킨의 집에서 본 신기한 것들에 많이 익숙해졌다. 그 무질서함, 타다 남은 수지 양초, 부러진 나이프와 포크, 우울한 보니파티, 추레한 하녀들, 공작 부인의 이상한 태도, 이 기이한 집안에서 나를 더 놀라게 할 수 있는 건 아무것도 없었다…. 하지만 지나이다에 대해서 막연히 추측하기 시작한 것에는 익숙해질 수가 없었다…. 여자 협잡꾼, 어머니는 지나이다를 이렇게 불렀다. 나의 우상, 나의 신에게 협잡꾼이라니! 그 말이 너무 상처가 된 나머지, 나는 베개에 얼굴을 묻고 그 말을 떨쳐내려 애썼다. 난 짜증이 났다…. 하지만, 그러면서도 동시에 내가 그 분수 옆 행운의 남자가 될 수 있다면 얼마나 좋을까 생각했다!

  나는 피가 끓어올랐다. "공원… 분수…." 나는 생각했다. "공원에 나가야 하나?" 나는 곧바로 옷을 갈아입고 집을 빠져나왔다. 어두운 밤이었다. 나무들이 거의 들리지 않을 정도로 조용히 소곤거렸다. 차가운 기운이 위에서부터 내려앉았고, 텃밭에서는 회향 냄새가 풍겼다. 나는 구석구석 모든 길을 다 훑고 다녔다. 나의 가벼운 발걸음 소리에 나 자신이 깜짝 놀라기도 하고 신이 나기도 했다. 나는 내 심장 박동 소리를 듣기 위해 멈춰 섰다. 빠르고 강렬하게 심장이 뛰고 있었다. 마침내 울타리를 만난 나는 가느다란 나무 말뚝에 기대어 섰다. 갑자기 내 상상이었을까? 여자의 형상이 내 옆을 스르륵 스치고 지나갔다…. 나는 숨을 참은 채 어둠 속을 뚫어져라 쳐다보았다…. 무엇이었을까? 발걸음 소리였을까? 아니면 그냥 내 심장 소리였을까? "누구 있어요?" 내가 알아듣기도 힘든 작은 소리로 물었다. 그때 또 소리가 났다! 숨죽인 웃음소리였을까… 아니면 나뭇가지가 바스락거리는 소리… 아니면 누군가 내 귓가에 한숨을 쉬는 소리? 나는 공포에 휩싸였다. "거기 누구 있나요?" 나는 여전히 작은 소리로 물었.
 잠시 가벼운 바람이 불어왔다. 하늘에서 무언가가 번쩍했다. 별똥별이었다. "지나이다예요?" 나는 이렇게 묻고 싶었지만 입이 떨어지질 않았다. 그리고 갑작스럽게, 한밤중에 자주 그러하듯, 깊은 고요함이 짙게 깔렸다…. 덤불 속 메뚜기마저 울음을 멈추고, 어딘가에서 창문 닫는 소리만 들려왔다. 나는 잠시 거기 서 있다가 내 방으로, 내 차가운 침대로 돌아왔다. 묘한 흥분이 느껴졌다. 마치 나는 밀회의 약속을 지키러 나갔다가 허탕을 쳤지만, 왠지 다른 사람의 행복을 스쳐 지나온 듯한 느낌이었다.

17

 다음 날 나는 공작 부인과 함께 마차를 타고 지나가는 지나이다를 흘깃 본 게 다였다. 루쉰도 만났지만 그는 내게 아주 짧은 인사만 건넸다. 그리고 나는 말레프스키도 보았다. 이 젊은 백작은 나를 보고 히죽거리더니 아주 친근한 태도로 말을 걸었다.

그는 별채에 드나드는 사람 중 유일하게 우리 집을 오갈 수 있었고, 은근슬쩍 우리 어머니의 환심을 샀다. 아버지는 그를 좋아하지 않았고, 거의 무례할 정도로 예의 바르게 그를 대했다.

"오, 시동이로군요!" 말레프스키가 말했다. "만나서 반가워요! 우리 어여쁜 여왕님은 뭘 하고 계시죠?"

그의 잘생기고 멀끔한 얼굴이 그 순간만은 혐오스럽게 느껴졌다. 그리고 나를 바라보는 그 표정이 너무 모욕적이고 경박해서, 나는 아무 대답도 하지 않았다.

"뭐지, 아직도 나한테 화가 난 거요?" 그가 계속 말했다. "그럼 안 되죠. 당신을 시동이라고 부른 건 내가 아니잖아요. 시동을 데리고 다니는 건 여왕님이죠. 그런데 제 소견을 말하는 걸 허락해주신다면 한마디해도 될까요? 당신은 자신의 의무를 다소 소홀히 하고 있는 것 같군요."

"제 의무요?"

"그래요. 시동은 주인 곁을 떠나서는 안 됩니다. 시동이라면 주인이 늘 무얼 하고 있는지 알고 있어야 하죠. 일거수일투족을 지켜봐야 한단 말입니다." 그가 목소리를 낮추고 덧붙였다. "낮에도 그리고 밤에도요."

"그게 무슨 말인가요?"

"무슨 말이냐고요? 충분히 명확하게 말한 것 같은데요. '낮에도 그리고 밤에도'라고요. 낮은 그다지 중요하지 않아요. 낮은 밝고, 이미 주변에 많은 사람들이 있으니까요. 하지만 밤에는 정신을 바짝 차리고 있어야 합니다. 밤에 자지 말고 계속 감시, 또 감시하라고 충고하고 싶군요. 그 공원, 밤, 분수를 기억하세요. 거기를 감시해야 한단 말입니다. 언젠가 내 조언을 고마워하게 될 겁니다."

말레프스키가 웃으며 돌아섰다. 십중팔구 그의 말에는 큰 의미가 없는 게 분명했다. 그는 일류 사기꾼이라는 명성을 즐겼고, 가장무도회에서도 사람들을 속이는 능력으로 유명했다. 이미 자신의 본성이 되어 버린 불성실함이 큰 도움이 되었다…. 그는 그저 나를 놀리고 싶은 것이었지만, 그의 말 한마디 한마디가 내게는 혈관 속의 독이 되어 퍼져 나갔다. 피가 머리로 솟구쳤다. "하, 그런 거였군, 그런 거였어!" 나는 혼잣말을 했다. "좋았어! 내가 괜히 공원에 나가고 싶었던 게 아니었어, 그럴 리가 없지!" 나는 정확히 무엇이 그럴 리 없다는 것인지 말하지도 못하면서 가슴을 퍽퍽 치며 큰 소리로 외쳤다. "공원에서 말레프스키를 발견하든." 나는 혼잣말을 했다. (그가 자신의 비밀을 불쑥 털어놓았던 것인지도 모른다. 그 사람은 그럴 정도로 뻔뻔하니까.) "아니면 누굴 발견하든." (우리 정원을 둘러싼 울타리는 낮아서 누구든 어려움 없이 넘을 수 있었다.) "그게 누구든 간에 조심하는 게 좋을 거야. 누구든 나를 거쳐야 할 테니까…. 나는 이 세상과 배신자에게 증명할 거야." (그렇다, 내가 그녀를 배신자라고 불렀다!) "나도 복수하는 법 정도는 알고 있다는 사실을!"

나는 내 방으로 돌아왔다. 그리고 며칠 전 사서 책상 서랍 안에 넣어놓았던 영국제 펜나이프를 꺼냈다. 칼날이 날카로웠다. 나는 마치 이런 일에 아주 익숙한 사람처럼 냉정하고도 굳건하게 결의에 찬 눈썹을 잔뜩 찌푸린 채, 그 펜나이프를 주머니에 찔러넣었다. 심장이 미친 듯이 쿵쾅거리더니 곧 차분하게 가라앉았다. 나는 하루 종일 눈썹을 찡그리고 입은 꾹 다문 채 방 안을 서성였다. 그리고 주머니 안에서 따뜻하게 데워진 칼을 꼭 쥐고서 끔찍한 사건에 대비해 마음의 준비를 했다. 이런 기분은 너무나 새롭고, 전례 없는 것이었기에 나는 꽤나 즐거웠다. 너무 기분이 좋아서 지나이다에 대한 생각 자체를 거의 하지 않았을 정도였다. 나는 젊은 집시 알레코*를 계속 상상했다. "어디로 갔는가, 젊은 친구여? 거기 누워라!" 그리고 또 "피범벅이 되었구나! 오, 무슨 짓을 한 거야…" "아무 짓도 안 했소!" 나는 잔혹한 미소를 지은 채 이 말을 되풀이했다. "아무 짓도 안 했소!" 아버지는 집에 없었다, 하지만 요즘 계속 짜증에 억눌려 있는 어머니가 나의 심각한 분위기를 눈치채고는 저녁 식사 시간에 질문을 했다.

"쥐를 감시하고 있는 고양이 같구나. 무슨 일이지?"

나는 대답 대신 거들먹거리는 미소를 지으며 혼자 생각했다. '만약 그들이 이 사실을 알고 있다면!' 열한 시가 되었다. 나는 방으로 올라갔지만 옷을 갈아입지는 않았다. 나는 자정이 되기를 기다렸고, 마침내 그 시간이 되었다. "지금이다!" 나는 이를 악문

---

* 푸시킨이 집시들의 삶과 사랑에 대해 쓴 시 〈집시들〉의 주인공이 알레코다.

채 속삭이고는 정원으로 나갔다. 미리 재킷 단추를 끝까지 채우고, 어떤 이유에선지 소매도 걷어 올렸다.

난 미리부터 감시할 위치를 정해놓았다. 정원의 가장 끝, 우리 집과 자세킨의 집을 구분하는 울타리가 있는 곳에 전나무 한 그루가 홀로 서 있었다. 낮게 자란 빽빽한 나뭇잎 아래에 자리를 잡으면 밤의 어둠이 허락하는 한 주변을 모두 둘러볼 수 있을 것 같았다. 여기엔 늘 궁금했던 좁은 길이 하나 나 있었다. 길은 울타리 아래로 뱀처럼 구불구불 나 있었고, 어떤 곳은 울타리를 넘나드는 사람들의 발자국 때문에 밟혀 뭉개져 있었다. 그리고 그 길을 따라가면 아카시아 가지로 지붕을 얹은 동그란 정자가 있었다. 어쨌든 나는 이 전나무로 다가가 나무에 몸을 기댄 채 감시를 시작했다.

전날처럼 고요한 밤이었다. 하지만 하늘에 구름이 별로 없어서 나무 덤불과 키 큰 꽃들의 윤곽선이 더 또렷하게 보였다. 처음 몇 분 동안은 지루하고 으스스하기도 했다. 나는 무엇이든 할 준비가 되어 있었다! 하지만 어떤 방식으로 진행할 것인지는 결심을 하지 못하고 있었다. 먼저 소리를 질러야 하는 걸까? "어디로 가는 것이냐? 멈춰! 자백해라, 아니면 죽음뿐!" 아니면 그냥 어둠 속에서 칼로 찔러야 하나? 모든 소리, 모든 부스럭거림, 모든 흔들림이 평소 같지 않고, 선명하게 느껴졌다…. 나는 당장이라도 뛰쳐나갈 수 있게 몸을 숙이고 있었다…. 하지만 삼십 분쯤 지나고, 또 한 시간이 지나자, 아까보다 차분해지고 담담해졌다. 점점 내가 괜한 짓을 했다는 생각, 바보 같은 짓을 했다는 생각, 말레프스키가 날 놀리려고 그랬다는 생각이 들기 시작했다. 나는 잠복을 중단하고 정원을 한 바퀴 돌았다. 나를 놀리기라도 하듯 아무 소리도 들리지 않았고, 모든 게 잠잠했다. 심지어 우리 집 개마저 정원 문 앞에 공처럼 동그랗게 몸을 말고 잠이 들어 있었다. 나는 무너져가는 온실 꼭대기로 올라가 저 멀리 들판을 바라보았다. 그리고 지나이다와 만났던 순간을 떠올리며 상념에 잠겼다.

그러다 흠칫 놀랐다…. 삐그덕거리며 문이 열리는 소리, 뒤이어 잔가지 부서지는 소리가 들린 것 같았기 때문이다…. 나는 껑충껑충 두 번의 뜀박질 만에 땅으로 내려왔고, 그 자리에 꼼짝 않고 서 있었다. 남몰래 재빠르게 걸어가는 가벼운 발소리가 정원에서 분명하게 들려왔다…. 그 소리가 내 쪽으로 다가오고 있었다. "드디어 나타났군!" 나는 급히 주머니에서 칼을 꺼낸 뒤 곧바로 칼날을 폈다. 눈앞에 빨간 불꽃이 회오리치고, 공포와 분노로 머리카락이 곤두섰다…. 발걸음 소리가 내가 서 있는 바로 그 장소로 다가오고 있었다. 나는 몸을 웅크린 채 소리 나는 쪽으로 살금살금 움직였다…. 잠시 후 남자의 모습이 드러났고, 세상에! 그는 나의 아버지였다!

아버지는 어두운 색 망토를 두르고 모자를 눈썹까지 눌러쓰고 있었지만, 나는 그를 단번에 알아보았다. 그가 살금살금 내 앞을 지나갔다. 나는 몸을 숨기지 않았다. 하지만 마치 땅과 하나가 된 것처럼 몸을 잔뜩 웅크리고 있었기 때문에 그에게 들키지 않았다. 피에 굶주린 질투심 많은 오셀로가 한순간에 학생으로 변해버렸다…. 아버지의 갑작스러운 등장에 너무 겁이 난 나머지 처음엔 그가 어느 쪽에서 와서 어느 쪽으로 사라졌는지조차 분간을 하지 못했다. 다시 주위가 조용해지고 나서야 나는 드디어 팔다리의 긴장을 풀고, 아버지가 이 밤중에 정원에서 뭘 하고 있었던 건지 궁금해했다. 너무 놀라서 칼까지 풀밭에 떨어뜨렸지만 부끄러워서 찾을 엄두도 내지 못했다. 나는 순간적으로 정신이 번쩍 들었다. 그렇게 집으로 돌아오던 길에 나는 딱총나무 아래 벤치에 앉아 지나이다의 방 창문을 올려다보았다. 살짝 볼록한 작은 창문은 밤하늘의 은은한 빛을 받아 희미한 파란색이 되어 있었다. 그런데 갑자기 그 색이 바뀌더니… 창문 뒤로 밝은 색깔의 커튼이 조심스럽게 내려왔다. 그리고 창턱까지 처진 커튼은 그대로 꼼짝도 하지 않았다.

"이게 다 뭐람?" 방으로 돌아와서는 나도 모르게 큰 소리로 말했다. "꿈인가, 우연인가, 아니면…." 새롭게 마음속에 떠오른 의심이 너무나 새롭고도 이상해서 나는 차마 그것을 대놓고 생각할 수도 없었다.

18

다음 날 아침 나는 두통과 함께 일어났다. 전날 밤의 흥분은 이미 사라졌다. 그 자리에 남은 것은 그저 고통스러운 혼란스러움과 이전에는 한 번도 경험한 적 없는 우울감이었다. 마치 내 안에서 무언가가 죽어가고 있는 느낌이었다.

"뇌의 절반을 제거당한 토끼처럼 보이는군요." 그날 우연히 만난 루쉰이 말했다.

나는 아침 식사 자리에 있는 아버지와 어머니를 몰래 흘깃 쳐다보았다. 아버지는 평소처럼 차분했고, 어머니도 평소처럼 짜증을 억누르고 있었다. 나는 아버지가 가끔 그랬던 것처럼 친절한 말을 걸어오지 않을까 반쯤 기대했다…. 하지만 그는 사소하고 냉담한 애정 표현조차 해주지 않았다. "지나이다에게 다 말해야 하나?" 나는 생각했다…. "어차피 지금은 아무것도 중요하지 않아, 우리 사이는 다 끝났으니까." 나는 그녀를 찾아갔지만 그녀에게 아무 말도 못 한 것은 물론이고 뭔가 제대로 말할 기회조차 갖지 못했다. 공작 부인의 아들, 열두 살 먹은 사관학교 학생이 휴일을 맞아 페테르부르크에서 돌아온 것이었다. 지나이다는 곧바로 자기 동생을 나에게 맡겼다. "친구가 생겼네요, 사랑하는 볼로쟈*." (그녀는 이전까지 한 번도 나를 그렇게 부른 적이 없었다.) "그의 이름도 볼로쟈예요. 당신이 그 애를 좋아하면 좋겠네요. 다소 쑥스러움이 많지만 착한 아이랍니다. 그에게 네스쿠치느이 공원도 보여주고 산책도 데려가세요. 한마디로 그 애를 좀 보살

---

* 블라디미르를 줄여서 부르는 이름.

첫사랑 97

펴달라는 거예요. 그래 주실 거죠? 당신은 역시 마음씨 착한 분이니까요!" 그녀는 애정을 담아 내 어깨에 두 손을 올려놓았고, 나는 또다시 그녀에게 마음을 빼앗겨버렸다. 이 소년의 등장으로 나 역시 다시 소년으로 돌아가게 되었다. 나는 이 사관학교 학생을 말없이 바라보았고, 그도 나를 응시했다. 지나이다는 웃음을 터트리더니 우리를 서로 껴안게 했다. "자자, 어린이들, 포옹하세요!" 우리는 그녀가 시키는 대로 했다.

"공원 구경 갈래요?" 내가 사관생도에게 물었다.

"네, 그러죠." 그가 진짜 사관생도처럼 허스키한 목소리로 대답했다. 지나이다는 또 웃음을 터트렸다. 그녀의 발그레한 얼굴이 그날만큼 사랑스러워 보인 적이 없었다. 사관생도와 나는 출발했다. 우리 정원에는 낡은 그네가 있었다. 나는 그가 좁은 받침대에 앉는 걸 도와준 뒤 그네를 밀기 시작했다. 그는 금실을 꼬아 만든 넓적한 장식이 있는 두꺼운 새 제복을 입은 채, 온 힘을 다해 양쪽 밧줄을 잡고 꼼짝 않고 앉아 있었다.

"단추를 좀 풀지 그래요?" 내가 물었다.

"아, 이게 익숙해서요." 그가 목을 가다듬고는 대답했다. 그는 누나와 무척 많이 닮은 것 같았다. 특히 눈만 보면 그녀의 눈이 바로 떠올랐다. 나는 그를 돌보는 게 재미있었지만 오랜 고민이 계속 마음을 괴롭혔다. "오늘은 그냥 아이가 되었구나." 나는 혼잣말을 했다. "바로 어제만 해도…." 나는 칼을 떨어뜨렸던 장소가 생각나 거기를 찾아갔다. 사관생도가 칼을 달라고 하더니 두

껴운 독미나리 줄기를 끊어 피리를 만들고는 불기 시작했다. 오셀로도 같이 잠시 피리를 불었다.

 하지만 저녁이 되자 불쌍한 오셀로는 지나이다의 품 안에서 목 놓아 울었다. 정원의 외딴 구석에서 그를 발견한 지나이다는 무엇 때문에 그렇게 슬퍼하는 건지 물었다. 내 눈에서는 그녀가 놀랄 정도로 눈물이 거침없이 쏟아져 나왔다. "무슨 일이에요, 볼데마르? 왜 그러는 거죠?" 그녀는 계속 질문했지만 대답을 듣지 못했다. 그녀는 내가 울음을 멈출 기미를 보이지 않자, 나의 젖은 뺨에 입을 맞추려 했다. 하지만 나는 고개를 돌리고는 울면서 속삭였다. "나는 다 알아요. 왜 나를 데리고 노는 건가요? 무엇을 위해 내 사랑이 필요했나요?"

 "그래요, 다 내 책임이에요, 볼로쟈." 지나이다가 말했다. "나도 알아요." 그녀가 자기 두 손을 꼭 맞잡았다. "내 안에는 나쁘고 어둡고 죄스러운 것들이 너무 많아요… 하지만 내가 당신의 애정을 가지고 장난을 치는 건 아니에요, 난 정말로 당신을 좋아합니다. 왜인지 당신은 모르는 것 같지만요… 내가 왜, 그리고 얼마나 당신을 사랑하는지 당신은 상상조차 못 하겠죠… 그런데… 당신이 안다는 건 뭔가요?"

 내가 무슨 말을 할 수 있을까? 그녀가 내 앞에서, 나를 보며 서 있었고, 그녀가 나를 바라볼 때마다 나는 그녀의 것, 머리부터 발끝까지 다 그녀의 것이 되었는데 말이다…. 십오 분쯤 지나고 나서 나는 사관생도, 그리고 지나이다와 뜀박질을 하고 있었다. 지금은 울지 않고 웃고 있는데도 웃을 때마다 부은 눈에서 눈물이 흘러나왔다. 나는 목에 넥타이 대신 지나이다의 리본을 감고 있었다. 그리고 그녀의 허리를 감싸안는 데 성공할 때마다 기쁨의 소리를 질렀다. 그녀도 나와 함께 원하는 대로 행동했다.

19

 실패한 밤의 탐험 이후, 일주일 동안 나의 감정에 대해 상세하게 기술을 해보라고 한다면, 어떻게 시작해야 할지 모르겠다. 이상하고도 흥분된 시간이었고, 감정, 생각, 의혹, 희망, 기쁨, 괴로움 등 최고로 상충하는 본성들이 미친 소용돌이 속에 휩싸인 일종의 혼돈 상태였다. 열여섯 살 소년이라면 자기 자신의 마음을 들여다볼 줄 알 거라고 생각할지 모르겠지만, 나는 내 마음을 들여다보는 게 두려웠고, 무언가를 진지하게 생각하는 게 두려웠다. 나는 그저 최선을 다해 하루를 견뎠을 뿐이다. 하지만 잠은 잘 잤다…. 여기서 나의 어린애 같은 경박함이 도움이 되었다. 나는 내가 사랑받고 있는지 알고 싶지 않았고, 사랑받고 있지 못하다는 걸 인정하고 싶지도 않았다. 나는 아버지를 피했다. 하지만 지나이다는 피할 수가 없었다…. 그녀의 존재는 나를 불꽃처럼 타오르게 했다…. 그리고 불에 타서 녹는 것이 이렇게 달콤하다면 내가 어떤 불에 타서 녹고 있는지가 무슨 상관이겠는가?

나는 흘러가는 감각에 몸을 맡겼고, 나 자신을 속였으며, 기억을 외면했고, 앞으로 닥칠 불행에 눈을 감았다…. 불타오르는 기간은 그리 오래 지속되지 못했다. 벼락이 순식간에 모든 걸 중단시키고 나를 완전히 새로운 곳에 내던져버렸다.

어느 날 꽤나 오랜 산책을 마치고 돌아온 저녁, 놀랍게도 저녁 식사 자리에 나 혼자뿐이었다. 아버지는 외출하셨고, 어머니는 몸이 좋지 않아 식사 생각이 없다며 침실에 틀어박혀 있었다. 하인들의 얼굴을 보니 무슨 일이 생긴 게 분명해 보였다…. 하지만 난 감히 그들에게 질문을 하지 못했다. 대신 하인들 중에 시를 열정적으로 사랑하고 기타를 훌륭하게 연주하는 필립이라는 젊은 친구에게 도움을 청했다. 알고 보니 아버지와 어머니 사이에 끔찍한 장면이 연출되었다고 했다. (두 사람이 하는 모든 말이 하녀들의 방에서 다 들렸다. 부모님은 주로 프랑스어로 대화했지만, 마샤라는 하녀가 오 년간 파리의 재봉사 집에서 일을 했기에 다 알아들을 수 있었다.) 어머니는 아버지가 바람을 피우며 이웃집 젊은 여자와 애정 행각을 벌인다고 비난했다. 아버지는 처음에는 반박하다가 나중에는 감정이 폭발해서 어머니의 나이와 관련된 험한 말을 내뱉었고, 결국 어머니를 울렸다고 했다. 어머니 또한 아버지가 공작 부인에게 주기로 한 약속어음을 언급하며 공작 부인에 대해, 그리고 그 딸에 대해 심한 말을 내뱉었고, 이에 아버지도 어머니를 고약한 말로 위협했다.

"이게 다 익명의 편지 때문에 시작되었습니다." 필립이 결론을 내렸다. "누가 썼는지는 아무도 몰라요. 하지만 다 그것 때문에 시작됐어요. 그 편지가 아니었다면 아무 일도 없었을 거예요."

"아니, 무슨 대단한 내용이 있었나 보지?" 나는 손발이 차가워지고 몸속 어딘가가 덜덜 떨리기 시작했기에, 가까스로 질문을 했다.

"있었죠. 그런 건 숨길 수가 없으니까요. 아버님도 이번에는 그 어느 때보다 조심스러웠지만, 빌려온 마차도 있고… 하인들의 손을 빌리지 않으면 안 되는 것들이 있으니까요."

나는 필립을 돌려보내고 침대에 몸을 던졌다. 울음을 터트리거나 절망에 빠지지는 않았다. 언제 어떻게 그런 일이 있었는지, 왜 여태 눈치채지 못했는지 자문하지도 않았다. 심지어 아버지를 비난하지도 않았다…. 내가 막 알게 된 사실은 너무 감당하기 어려운 것이었다. 갑작스러운 폭로가 나를 부서트려 놓았다…. 모든 게 끝났다. 뿌리째 뽑힌 나의 꽃들이 완전히 짓밟힌 채 내 주위에 흩어져 있었다.

20

다음 날 어머니는 다시 시내로 이사를 갈 생각이라고 선언했다. 아버지는 아침에 어머니의 침실로 가서 한참 동안 대화를 나누었다. 아버지가 무슨 말을 했는지 들은 사람은 없었지만, 어머니가 울음을 멈췄다. 어머니는 진정하고 아침 식사를 요청했지만, 여전히 방에서 나오지 않았고 결정을 번복하지도 않았다. 그날 하루 종일 이곳저곳을 서성였던 기억이 난다. 하지만 정원에는 들어가지 않았고 별채 방향으로는 눈길도 주지 않았다. 그리고 그날 저녁 뭔가 보기 드문 광경을 목격했다. 아버지가 말레프스키 백작의 팔을 잡고 응접실에서 복도로 그를 끌고 나와서는, 하인이 보는 앞에서 쌀쌀맞게 말했다. "며칠 전 어떤 집에서 쫓겨나셨다지요. 오늘도 따로 설명은 하지 않겠지만 이 사실을 알리게 되어 영광입니다. 또다시 우리 집에 나타난다면 그때는 창문 밖으로 당신을 던져버릴 겁니다. 난 당신 필체도 마음에 안 들어요." 백작은 움찔하더니 이를 악물었다. 그리고 어깨를 으쓱해 보이고는 슬그머니 집에서 나가버렸다.

아라바트 거리에 있는 집으로 이사 갈 준비가 시작되었다. 아버지도 더 이상 시골에 머물 생각이 없는 것 같았다. 하지만 아버지는 어머니가 더 이상 소란을 피우지 못하게 하는 데에는 성공한 것 같았다. 모든 일이 지체 없이 조용하게 진행되었다. 심지어 어머니는 몸이 불편해 작별 인사를 하지 못하고 가는 것이 유감이라며 공작 부인에게 인사를 전하기도 했다. 나는 뭔가에 홀린 듯 이리저리 돌아다녔다. 내가 바라는 것은 단 하나였으니 바로 이 모든 것들이 최대한 빨리 끝나는 것이었다. 다만 한 가지 생각이 도저히 떨쳐지지 않았다. 도대체 그렇게 젊은 여자가, 어쨌든 공작 부인의 딸이라는 사람이, 우리 아버지가 홀몸이 아니라는 걸 알면서도 어떻게 그런 행동을 할 수 있었을까? 마음만 먹으면 벨로브조로프 같은 사람과 쉽게 결혼할 수 있다는 걸 잘 아는 사람이 왜? 그녀는 무엇을 기대한 걸까? 앞날을 망치는 것이 두렵지도 않았던 걸까? '그래.' 나는 생각했다. '그게 사랑인 거지. 그게 열정이고, 그게 헌신이야!' 그리고 루쉰의 말이 떠올랐다. "자기희생을 즐기는 사람도 분명히 있다." 그때 별채 창문 중 하나에서 무언가 희미한 그림자를 발견했다…. '지나이다의 얼굴일까?' 나는 생각했다…. 정말 그녀의 얼굴이었다. 나는 더 이상 참을 수가 없었다. 작별 인사 한마디 없이 그녀와 헤어질 수는 없었다. 나는 기회를 살피다가 별채로 향했다.

응접실에 있던 공작 부인은 늘 그렇듯 무관심하고 음산한 태도로 나를 맞았다.

"어떻게 된 건가요? 왜 이렇게 서둘러 떠나시는 거지요?" 그녀가 양쪽 콧구멍에 코담배를 끼워넣으며 물었다. 그녀를 보자 내 마음의 짐이 덜어졌다. 필립이 이야기했던 약속어음이라는 단어가 계속 나를 괴롭히고 있었기 때문이다. 그녀는 아무것도 모르는 눈치였다. 적어도 내가 보기에는 그랬다. 다른 방에서 지나이다가 나타났다. 검은 드레스를 입은 창백한 지나이다는 머리카락의 곱슬기도 다 풀려 있는 상태였다. 그녀가 조용히 내 손을 잡더니 나를 데리고 나갔다.

"목소리가 들려서 바로 나와봤어요." 그녀가 말했다. "우리를 버리고 가는 게 그렇게 쉽던가요, 나쁜 남자!"

"작별 인사를 하러 왔어요." 내가 대답했다. "아마 영영 못 볼 것 같네요. 시내로 이사 간다는 말은 들었죠?"

지나이다가 나를 빤히 쳐다보았다.

"네, 들었어요. 와줘서 고마워요. 다시는 당신을 보지 못할 거라고 생각했어요. 가끔 제가 당신을 못살게 굴었죠, 저도 알아요. 하지만 저는 당신이 생각하는 그런 사람이 아니랍니다."

그녀가 돌아서더니 창틀에 기대어 섰다.

"정말 아니라고요. 저한테 나쁜 감정이 있다는 거 저도 다 알아요."

"제가요?"

"네, 당신… 당신이요."

"제가요?" 내가 슬픈 목소리로 다시 물었다. 그리고 그녀의 거부할 수 없고, 형용할 수 없는 매력에 내 마음이 예전처럼 흔들렸다. "내가 그랬다고요? 믿어주세요, 지나이다 알렉산드로브나, 당신이 무슨 짓을 하든, 당신이 얼마나 날 괴롭혔든, 나는 내 삶이 끝나는 날까지 당신을 사랑할 거고 흠모할 거라고요."

그녀가 고개를 홱 돌리더니 두 팔을 활짝 벌렸다. 그리고 내 목을 감싸안은 채 열정적으로, 그리고 확신에 찬 듯 키스를 했다. 이 기나긴 작별의 키스가 누구를 향한 것이었는지는 신만이 알 것이다. 하지만 나는 그 달콤함을 열심히 즐겼다. 이런 일이 다시는 일어나지 않으리라는 것을 알고 있었기 때문이다. "안녕, 안녕." 나는 거듭 말했다.

그녀는 나를 떼어놓고는 자기 방으로 사라졌다. 나 역시 그 집에서 나왔다. 그 집에서 나올 때의 기분은 형용할 수가 없다. 이런 일을 다시는 경험하고 싶지 않았다. 하지만 정말로 경험을 하지 못했더라면 나는 나 자신을 불행한 남자로 여겼을 것이다.

우리는 시내로 이사를 갔다. 머지않아 나는 과거를 모두 떨쳐버리고 다시 공부를 시작할 수 있었다. 나의 상처는 치유가 느렸다. 하지만 아버지를 원망하지는 않았다. 반대로 아버지가 더 크게 느껴졌다. 이런 모순된 감정은 심리학자가 설명할 수 있게 내버려두도록 하자. 어느 날 나는 대로를 따라 걷다가 놀랍게도 루쉰과 마주쳤다! 나는 그의 솔직하고 진지한 태도를 좋아했다. 그가 내게 불러일으킨 기억들을 생각해보면 그는 내게 소중한 사람이었다. 내가 그에게 달려갔다.

"하하!" 그가 눈썹을 찡그린 채 말했다. "당신이로군요, 젊은이! 어디 좀 봅시다! 아직도 조금은 병색이 남아 있지만 그래도 맥 빠진 눈빛은 사라졌군요. 이제 좀 사람답네요, 애완용 강아지 같지 않고. 좋아요. 그래, 잘 지내나요? 공부는 잘 되고?"

나는 한숨을 내쉬었다. 거짓말을 하고 싶지는 않았지만 진실을 말하는 것도 부끄러웠다.

"됐어요." 루쉰이 계속 말했다. "낙담하지 말아요! 중요한 건 감정에 휘둘리지 않고 일상의 삶을 살아가는 겁니다. 감정에 휘둘리면 어떻게 되겠어요? 감정의 파도가 당신을 어디로 데리고 가든, 그건 나쁜 거거든요. 하지만 자신의 두 발로 단단한 바위를 믿고 서 있는 한 괜찮을 겁니다. 나는 내내 기침만 하면서 지냈습니다. 그리고 벨로브조로프, 그 사람 소식 들었나요?"

"왜요? 무슨 일인데요?"

"완전히 사라졌다는군요. 코카서스로 갔다고 했어요. 이걸 교훈으로 삼으세요, 젊은이! 사람들은 언제 헤어져야 하는지, 언제 그물을 찢어야 하는지 모르는 법이거든요. 다행히 당신은 다친 데 없이 빠져나온 것 같군요. 다음번엔 그물에 걸리지 않도록 조심하세요! 그럼 이만!"

"다시는 안 걸릴 거예요." 나는 생각했다. "다시는 그녀를 만나지 않을 거니까요." 그러나 나는 지나이다를 다시 만날 운명이었다.

21

아버지는 매일 말을 타는 습관이 있었다. 그는 훌륭한 영국산 적갈색 종마를 소유하고 있었다. 가늘고 기다란 목과 긴 다리를 가진 그 말은 사납고 길들이기 쉽지 않은 녀석으로 이름은 엘렉트릭이었다. 아버지 외에 그 누구도 이 녀석을 다룰 수 없었다. 어느 날 아버지가 기분 좋은 상태로 내 방에 찾아왔다. 최근 들어 보기 힘든 모습이었다. 그는 말을 타고 나갈 거라며 박차를 달고 있었다. 나도 같이 가겠다고 졸랐다.

"그냥 뛰어넘기 놀이나 하는 게 더 나을 것 같은데." 아버지가 대답했다. "너의 조그만 독일산 말로는 날 쫓아오지 못할 거야."

"아니요, 할 수 있어요. 저도 박차를 달 거예요."

"그럼 같이 가보자!"

우리는 출발했다. 나에게는 털이 텁수룩한 검은색 조랑말이 있었다. 체형이 단단하고 활기찬 녀석이었다. 실제로 엘렉트릭의 속보를 따라가려면 내 말은 전력 질주를 해야 했지만 나는 뒤처지지 않았다. 나는 아버지 같은 승마인은 본 적이 없었다. 아버지의 자세는 무심한 듯 편안했고, 너무나 우아했다. 그리고 말도 그걸 느끼며 기수를 자랑스러워하는 것 같았다. 우리는 큰길을 따라 달리다가, 데비치예 들판에서도 시간을 보내고, 울타리도 몇 개 뛰어넘고(처음엔 뛰어넘는 게 무서웠지만, 아버지가 소심한 사람을 경멸했기에 무서워할 수가 없었다.), 모스크바강도 두 차례나 건넜다. 나는 슬슬 돌아갈 때가 되었다고 생각하고 있었다. 특히나 아버지가 내 말이 피곤해 보인다고 지적했기 때문이다. 그런데 갑자기 그가 급히 방향을 틀어 크림 여울 쪽으로 향하더니 강둑을 따라 전력 질주를 하기 시작했다. 나도 그를 따라 달렸다. 높이 쌓아올린 오래된 통나무 더미에 도착하자, 그는 엘렉트릭에서 폴짝 뛰어내리더니 나에게도 말에서 내리라고 명령했다. 그러고는 내게 자신의 고삐를 던져주며 통나무 옆에서 기다리라고 말했다. 그는 그렇게 좁은 골목으로 향하더니 내 시야에서 사라졌다. 나는 말을 끌고 강둑을 따라 이리저리 서성이기 시작했다.

자꾸만 머리를 쳐들고, 온몸을 털고, 힝힝 울어대는 엘렉트릭을 혼내기도 했다. 엘렉트릭은 내가 가만히 서 있기만 하면 발로 땅을 긁어대고, 소리를 지르며 내 말의 목을 물려고 했다. 한마디로 버릇없는 순종마처럼 행동한 것이다. 그러는 동안에도 아버지는 돌아오지 않았다. 강에서 불쾌한 눅눅함이 피어올랐다. 소리 없이 가랑비가 떨어져 회색빛 통나무 위에 군데군데 작은 반점이 생겼다. 나는 진심으로 진절머리가 날 때까지 그 통나무 주위를 계속 돌고 있었다. 지치고 지루했지만 아버지는 아직도 돌아오지 않았다. 통나무처럼 온통 회색빛인, 누가 봐도 핀란드 사람으로 보이는 경찰관 한 명이 깃털 장식이 달린 모자를 쓰고 할버드*라는 무기를 든 채(도대체 경찰관이 모스크바강 강둑에서 뭘 하고 있는 걸까?) 내게로 다가왔다. 그가 주름진 노파 같은 얼굴을 내게 들이밀며 물었다.

"말을 데리고 뭘 하는 건가요? 제가 대신 잡아드릴까요?"

나는 대답을 하지 않았고, 그는 내게 담배가 있냐고 물었다. 나는 그를 보내버리기 위해(그리고 참을 수 없을 정도로 조바심이 나고 있었기 때문에) 아버지가 사라진 방향으로 몇 발짝 다가갔다. 골목에 들어서서 모퉁이를 돈 나는 그 자리에 우뚝 멈춰 섰다. 마흔 걸음쯤 떨어진 곳, 작은 목조건물의 열린 창 앞에 아버지가 등을 보이고 서 있었던 것이다. 그는 창틀에 기대어 서 있었고,

---

* 미늘창. 도끼와 창을 결합시킨 형태의 옛날 무기.

집 안에는 어두운색 드레스를 입은 여자가 커튼에 몸이 반쯤 가려진 채 앉아서는 아버지와 이야기를 나누고 있었다. 그 여자는 지나이다였다.

　나는 너무 놀라 말이 나오지도 않았다. 상상도 못 한 상황이었기 때문이다. 처음엔 그대로 달아날까 생각했다. '아버지가 돌아보기라도 하면 어찌해야 한단 말인가.' 나는 생각했다. 하지만 이상한 느낌, 호기심보다 더 강력하고, 질투심보다도 훨씬 더 강력하고, 공포보다도 더 강력한 감정 때문에 나는 그 자리에서 꼼짝도 할 수가 없었다. 나는 두 사람을 바라보며 그들의 대화를 엿듣기 위해 귀를 쫑긋 세웠다. 아버지는 지나이다에게 무언가를 주장하고 있었고, 지나이다는 거기에 동의하지 않는 듯한 느낌이었다. 그녀의 얼굴이 지금도 눈에 선하다. 슬프고 심각하고 아름다운 얼굴에 헌신, 애석함, 그리고 사랑이 말로 형용할 수 없게 뒤섞여 있었고, 다른 적절한 단어를 찾을 수는 없지만 일종의 절망감도 묻어 있었다. 그녀는 단답형으로 대답하고, 계속해서 눈을 내리깐 채, 공손하고도 고집스럽게 미소를 지어보였다. 그 미소만 보아도 지나이다라는 걸 알 수 있었다. 아버지는 어깨를 으쓱하더니 모자를 똑바로 썼다. 초조하다는 증거였다…. 그리고 이런 말소리가 들렸다. "당신은 헤어져야 해요…." 지나이다가 일어서더니 팔을 내밀었다…. 그리고 눈앞에서 이상한 광경이 펼쳐졌다. 아버지가 코트 자락의 먼지를 털던 승마 채찍을 꺼내 들더니, 그녀의 맨 팔뚝에 채찍을 내리친 것이다. 나는 소리를 지르지 않으려고 안간힘을 다했다. 깜짝 놀란 지나이다는 아버지를 말없이 바라보더니 팔을 천천히 들어 올려 빨갛게 부어오른 상처에 입을 맞췄다. 아버지는 채찍을 집어던지고는 현관 계단을 뛰어 올라가더니 급히 집 안으로 들어갔다…. 지나이다는 두 팔을 늘어뜨리고 머리는 뒤로 젖힌 채로 창문 앞에서 사라졌다.

나는 겁에 질려 창백해진 얼굴로 도망쳤다. 너무 놀라서 가슴이 터질 것 같았다. 나는 골목 끝까지 달려나와 강둑으로 돌아왔다. 도중에 하마터면 엘렉트릭의 고삐를 놓칠 뻔했다. 머리가 너무나 혼란스러웠다. 나는 평소엔 속마음을 드러내지 않고 차분하던 아버지가 가끔씩 발작하듯 화를 내는 경향이 있다는 걸 알고 있었다. 그럼에도 내가 지금 목격한 광경은 도저히 이해가 되지 않았다…. 하지만 나는 내가 살아 있는 한 지나이다의 몸짓, 표정, 미소를 절대 잊을 수 없으리라는 걸 알고 있었다. 이렇게 갑자기 나타난 그녀의 새로운 모습이 내 기억 속에 영원히 각인될 거라는 걸 알고 있었다. 나는 눈물이 뺨을 타고 흐르는 것도 의식하지 못한 채 멍하니 강을 바라보았다. "아버지가 그녀를 때렸어." 나는 거듭 말했다. "그녀를 때리다니, 그녀를 때리다니…."

"자, 내 고삐를 다오." 뒤에서 아버지의 목소리가 들려왔다.

나는 기계적으로 그에게 고삐를 내밀었다. 그는 엘렉트릭의 등에 올라탔다…. 한참 동안 기다리느라 몸이 식어버린 말이 앞다리를 들고 서더니 삼 미터 정도 앞으로 튀어나갔다. 하지만 아버지는 말에게 지지 않고 말의 옆구리에 박차를 찌르고 주먹으로 말의 목을 후려쳤다…. "아, 채찍을 안 챙겨왔군." 그가 중얼거렸다.

나는 채찍을 후려칠 때의 갑작스럽고 날카로운 소리를 떠올리며 몸을 부르르 떨었다.

"채찍을 어쩌셨는데요?" 내가 잠시 기다렸다가 아버지에게 물었다.

그는 대답 없이 앞으로 달려나갔다. 나는 그를 앞질렀다. 그의 얼굴을 꼭 봐야겠다는 생각이 들었기 때문이다.

"기다리느라 지쳤니?" 아버지가 이를 악물고 물었다.

"약간은요. 그건 그렇고 채찍을 어디다 떨어뜨리신 거죠?" 내가 추궁했다.

아버지는 재빨리 나를 흘겨보았다.

"떨어뜨리지 않았다. 버렸다." 그가 말했다.

그는 생각에 잠긴 듯 머리를 숙였다…. 그리고 잠시 후 처음이자 아마도 마지막으로, 그의 엄한 얼굴이 얼마나 많은 애정과 연민을 표현할 수 있는지 볼 수 있었다.

그는 다시 말을 전속력으로 몰았다. 이번에는 그를 앞지르지 못했다. 나는 아버지보다 십오 분 정도 늦게 집에 도착했다.

"저게 사랑인 거지!" 그날 밤 나는 공책과 책이 점점 쌓여가고 있는 책상에 앉아 다시 한번 혼잣말을 했다. "저게 열정이지! 누구라도 분노할 것이며, 그 누구도 그런 구타에 복종하지 않을 거야. 그게 아무리 사랑하는 사람의 손에 의한 것이라도 말이야!

하지만 사랑을 하는 사람은 이런 일도 견딜 수가 있는 모양이야…. 그리고 나는… 내 생각은….”

　이후 한 달 동안 나는 몰라보게 성장했다. 불안과 고통이 가득하던 내 사랑이 지금 보니 초라하고 유치하고 하찮게 보였다. 내가 막연히 추측만 할 수 있었던 다른 미지의 것, 어둠 속에서 알아보기 위해 헛되이 노력했던 아름답지만 엄한, 그 낯선 얼굴만큼이나 무서운 것과 비교하면 말이다….

　그날 밤 나는 이상하고도 끔찍한 꿈을 꾸었다. 천장이 낮고 어두운 방에 들어가는 꿈이었다…. 거기에 아버지가 채찍을 들고 서서 발을 쿵쿵 구르고 있었다. 지나이다는 구석에 웅크리고 있었다. 팔이 아니라 눈썹 위에 빨간 자국이 보였다. 두 사람 뒤로 피범벅이 된 벨로브조로프도 보였다. 그가 창백한 입술을 열어 아버지에게 성난 분노의 말을 쏟아냈다….

　두 달 후 나는 대학에 들어갔고, 그 후로 육 개월 뒤 이사 간 지 얼마 안 된 페테르부르크에서 아버지가 (뇌졸중으로) 돌아가셨다. 그는 돌아가시기 며칠 전 모스크바에서 온 편지를 받고 심하게 불안해했다. 그는 어머니에게 가서 무언가를 묻더니 눈물까지 흘렸다고 했다. 아버지가 눈물을 흘리다니! 그가 뇌졸중으로 쓰러지던 날 아침, 그는 나에게 프랑스어로 쓴 편지를 남겼다. "아들아, 여자의 사랑을 조심해라. 그 기쁨, 그 독을 조심해라…." 아버지가 돌아가신 후 어머니는 상당한 액수의 돈을 모스크바로 보냈다.

22

서너 해가 흘렀다. 나는 막 대학을 졸업했지만 무슨 일을 해야 할지, 어느 문을 두드려야 할지 결심을 못 한 상태였다. 그러는 동안 나는 하는 일 없이 세월을 보내고 있었다. 어느 날 저녁 극장에서 마이다노프를 만났다. 그는 결혼도 하고 관공서에 취직도 했다고 하지만 예전과 달라진 데가 없어 보였다. 그는 여전히 헛된 열정에 빠져 있었고 갑작스러운 우울 증상을 보이기도 했다.

"그거 아시나요?" 그가 아무렇지 않게 물었다. "돌스카야 부인이 여기 있다는 거?"

"돌스카야 부인이 누구죠?"

"벌써 잊은 건가요? 당신을 포함해 우리 모두가 사랑했던 자세킨 공작의 딸 말이에요. 네스쿠치느이 공원 근처의 시골, 기억나죠?"

"그녀가 돌스키 씨와 결혼했나요?"

"네."

"그녀가 여기, 극장에 있다고요?"

"아니요, 며칠 전에 페테르부르크에 왔다는군요. 곧 외국으로 떠나려고요."

"남편은 어떤 사람인가요?"

"아주 훌륭한 사람이죠, 돈도 많고요. 모스크바에서 같이 일한 적이 있습니다. 그런 일이 있고 난 뒤, 당연히 당신도 모든 걸 알고 있을 테지만(마이다노프가 의미심장한 미소를 지었다.) 그녀는 남편감 찾는 게 쉽지가 않았어요. 당연한 결과겠죠…. 하지만 능력 있는 여자다 보니 모두 이겨낼 수 있었지요. 한번 찾아가 보세요. 그녀가 매우 반갑게 맞아줄 겁니다. 예전보다 지금 더 사랑스러워졌다니까요."

마이다노프는 내게 지나이다의 주소를 알려주었다. 그녀는 지금 데무트 호텔에 묵고 있었다. 오랜 기억이 내 마음을 뒤흔들어 놓았다…. 나는 바로 다음 날 내 오랜 연인을 찾아가기로 마음먹었다. 하지만 이런저런 일이 생기는 바람에 일주일이 지나고, 또 일주일을 흘려보냈다. 그러다 마침내 데무트 호텔에 가서 돌스카야 부인을 찾았을 때, 나는 그녀가 나흘 전 아기를 낳다가 죽었다는 소식을 예기치 않게 듣게 되었다.

누군가 내 심장을 후려친 것 같은 느낌이었다. 그녀를 만날 수도 있었을 텐데 그러지 못했다는 생각, 그리고 다시는 그녀를 보지 못할 거라는 생각, 이 끔찍한 생각들이 나를 집어삼킬 듯한 비난과 함께 내 영혼을 괴롭혔다. "그녀가 죽다니!" 나는 호텔 짐꾼을 멍하니 응시하며 되뇌었다. 잠시 후 조용히 거리로 나온 나는 어디로 갈지 정하지도 않은 채 마냥 걸었다. 지난 과거가 물밀듯이 밀려왔다. 그 젊고 눈부시고 열정적인 생명이 어떻게 이런 식으로 끝을 맺는단 말인가, 이것이 그토록 조바심 내며 열망하던 운명이란 말인가! 나는 그 사랑스러운 이목구비, 그 눈, 그 머리칼이 좁은 나무 상자 안에 갇힌 채 축축하고 어두운 흙 속에 누워 있는 모습을 상상했다. 아직 살아 있는 나에게서 그리 멀지 않은 곳, 나의 아버지가 있는 곳에서 불과 몇 미터밖에 떨어지지 않은 곳에 말이다…. 나는 이 모든 것들을 생각하며 상상력을 발휘했다. 하지만 이 구절이 자꾸만 마음속에 메아리쳤다.

무심한 입술이 치명적인 소식을 알리니
나도 무심하게 그 소식을 듣는다….

오, 청춘, 청춘이여! 너희는 아무것도 좋아하지 않으면서, 세상의 모든 보물을 가지고 있는 것 같구나. 슬픔 그 자체는 너희를 위한 여흥의 원천이며, 비애조차도 너희에게는 잘 어울린다! 자신만만하고 오만한 네가 이렇게 선언한다. '보라, 나는 혼자 살아간다.' 하지만 그러는 동안에도 세월은 흘러가고, 아무런 흔적도 남기지 않고 소리 소문 없이 사라진다. 마치 햇볕에 녹은 밀랍처럼, 눈처럼…. 어쩌면 청춘의 매력이 지닌 비밀은 거기에 숨어 있을지도 모르겠다. 원하는 것은 무엇이든 쟁취할 수 있는 능력이 아니라 쟁취하지 못할 것은 없다고 믿는 그 믿음에, 다른 용도는 찾을 수도 없는 곳에 무모하게 힘을 쏟아붓는다는 그 사실에 말이다. 그리하여 우리는 이렇게 말할 권리가 있다고 굳게 확신한다. '내가 시간을 헛되이 낭비하지 않았더라면 무슨 행동을 하지 않을 수 있었을까!'

나 자신을 예로 들어보자. 내 기대는 무엇에 근거한 것이었고, 나는 무엇을 바랐으며, 나는 어떤 빛나는 미래를 기대했던 걸까? 첫사랑의 유령에게 작별 인사를 하면서도 한숨도 쉬지 않고, 순간의 슬픔도 느끼지 못했을까?

그리고 내가 기대했던 것 중 무엇이 실현되었는가? 저녁 그림자가 내가 가는 길 앞에 드리워지기 시작하는 지금, 잠깐 나타났다 사라지는 봄날의 이른 아침 폭풍우의 기억보다 더 빛나고, 더 소중한 것이 있을까?

그런데 나는 왜 나 자신을 비방하려 하는가? 심지어 그 무모한 젊은 날에도, 나는 나를 부르는 슬픈 목소리에, 무덤에서 들려오는 엄숙한 소리에 귀를 막지 않았다. 나는 지나이다가 죽었다는 소식을 듣고 며칠 후, 거부할 수 없는 충동에 이끌려 자발적으로 같은 건물에 살던 불쌍한 노파의 임종에 참석했던 기억이 난다. 그녀는 누더기를 덮고, 딱딱한 판자 몇 개를 깔고, 자루를 베개 삼아 생을 위해 고군분투하며 고통 속에 누워 있었다. 그녀의 삶은 줄곧 끊임없는 빈곤과의 힘겨운 싸움이었다. 그녀는 즐거움이란 걸 몰랐고, 행복의 달콤함을 맛본 적도 없었다. 오히려 죽음 안에서 평화와 자유를 보고 어쩌면 죽음을 기대했는지도 모르겠다. 그러나 그녀의 노쇠한 몸이 아직 버티고 있는 동안, 꼭 잡고 있는 차가운 손 아래 그녀의 가슴이 고통스럽게 오르내리고 있는 동안, 아직 그래도 생명의 흔적이란 게 남아 있는 동안, 이 늙은 여인은 끊임없이 십자가를 그리며 이렇게 속삭였다. "오, 주여, 나의 죄를 용서하소서…." 그리고 그녀의 눈에 보이던 죽음의 공포는 마지막 의식의 불꽃이 그녀를 떠나고 나서야 드디어 사라졌다…. 나는 기억한다. 불쌍한 노파의 임종 자리에서 지나이다를 생각하며 괴로워했던 것을. 그리고 그녀를 위해, 나의 아버지를 위해, 나 자신을 위해 기도하고픈 마음이 생겼던 것을.

(1860)

짝사랑

1

N. N.은 이야기를 시작했다.

당시 내 나이 스물다섯이었으니 이 모든 게 오래된 옛날이야기라 할 수 있겠네요. 그때 나는 학교를 막 졸업하고 외국으로 나가려던 중이었습니다. 사람들 표현대로 '학업을 완성하기 위해서'가 아니라 그저 더 넓은 세상이 보고 싶었기 때문이죠. 나는 건강하고 젊고 활기가 넘쳤어요. 돈은 풍족했지만 아직 책임감이라고는 찾아볼 수 없었기에, 그 당시 나는 한마디로 내가 좋아하는 일을 하며 살았습니다. 그때가 내 인생의 봄날이었다고나 할까요. 하지만 인간은 식물이 아니며, 봄날은 그저 짧은 순간일 뿐이라는 사실을 전혀 깨닫지 못하고 있었지요. 젊은이들은 매일 같이 금박을 입힌 생강 쿠키를 먹으며 그것이 일용할 양식이라고 여기지만, 언젠가는 그 부스러기마저 간절할 때가 온답니다. 지금 이런 이야기를 할 필요는 없을 것 같지만 말이죠.

나는 목적도 계획도 없이 여행을 했습니다. 마음에 드는 곳이라면 어디서든 멈췄다가, 새로운 얼굴을 만나고 싶다는 열망이 느껴지면 다시 여정을 재개했습니다. 새로운 얼굴이야말로 내가 갈망하는 것이었습니다. 내가 유일하게 관심이 갔던 것이 바로 인간이었거든요. 나는 흥미로운 기념물, 훌륭한 수집품을 몹시 싫어했어요. 관광 안내원만 봐도 혐오와 반감이 들끓었습니다. 드레스덴의 '그뤼네 괴벨베'*에서는 지루해서 죽어버릴 지경이었고요. 자연은 그나마 내게 강렬한 영향을 끼치긴 했지만, 솔직히 인상적인 산봉우리, 절벽, 폭포 같은 소위 자연의 아름다움에는 크게 관심이 없었습니다. 나는 자연이 나에게 뭔가를 보라고 강요하거나 간섭하는 것이 견딜 수가 없었거든요. 하지만 얼굴, 살아 있는 사람의 얼굴, 인간의 말투, 인간의 움직임과 웃음, 이런 것 없이는 살 수가 없었습니다. 나는 늘 사람들에 둘러싸여 있을 때 유별나게 행복했고 편안함을 느꼈습니다. 난 다른 사람들이 가는 곳에 따라가고, 남들이 소리 지를 때 같이 소리치는 게 좋았어요. 동시에 남들이 어떻게 소리치는지 관찰하는 것도 좋아했지요. 나의 주된 즐거움은 인간을 관찰하는 것이었습니다…. 그저 단순히 관찰만 하는 게 아니라 일종의 채워지지 않는 즐거운 호기심을 가지고 그들을 유심히 지켜보았다고나 할까요. 이런, 이야기가 또 샛길로 빠졌군요.

다시 본론으로 돌아가, 이십 년 전 나는 라인강 왼쪽 강변에 있는 Z라는 독일의 작은 도시에 살고 있었습니다. 나는 고독을 찾던 중이었습니다. 얼마 전 온천에서 알게 된 어느 매력적인 젊

---

* 독일 드레스덴에 있는 박물관.

은 미망인 때문에 엄청난 고통을 겪었던 탓이었지요. 그녀는 대단히 아름답고 영리했으며, 보잘것없는 나 자신을 포함한 모든 사람에게 추파를 던졌습니다. 처음엔 나도 기분이 좋았지만, 결국 그녀가 볼 빨간 바이에른 출신의 중위를 선택하고 날 버리는 바람에 지독한 상처만 입게 되었더랬죠. 솔직히 마음의 상처가 그리 깊지는 않았습니다. 하지만 일정 기간 우울함과 고독에 빠져 지내는 것이 내 의무라고 생각했었습니다. 원래 젊은 시절엔 어딘가로부터 마음의 위안을 찾으려 하는 법이기에 나는 Z라는 도시에 거처를 마련했지요. 이 작은 도시는 내 마음에 쏙 들었습니다. 두 개의 높은 언덕 기슭에 있는 것부터, 허물어져 가는 벽과 탑, 먼 옛날부터 존재했을 것 같은 보리수나무, 반짝이는 라인강 지류 위로 놓여 있는 높은 다리까지 모두 마음에 들었습니다. 하지만 그중에서도 최고는 질 좋은 와인이 있다는 점이었습니다. 매일 해가 지고 (당시는 6월) 저녁이 되면 아름다운 금발 머리의 독일 처녀들이 좁은 골목길을 쏘다니며, 유쾌한 목소리로 '구텐 아벤트'*라 말하며 낯선 사람들을 맞았습니다. 그들 중 몇몇은 달이 오래된 집의 가파른 지붕 뒤로 떠오를 때까지도, 길바닥의 작은 자갈이 잔잔한 달빛에 뚜렷이 윤곽을 드러낼 때까지도 집에 들어가지 않았습니다. 그럴 때면 이 작은 도시의 거리를 천천히 쏘다니기가 참 좋았지요. 맑은 하늘에 뜬 달은 한결같이 도시

---

* '좋은 저녁'이라는 뜻의 독일어.

를 내려다보는 것 같았고, 도시는 달의 시선을 느끼며 평온하지만 미묘하게 거슬리는 데가 있는 환한 달빛을 가득 받은 채로 평화롭게 그 자리를 지켰습니다. 고딕 양식 첨탑 꼭대기에 있는 닭 모양의 풍향계가 은은한 금빛으로 빛나고, 검은 강물의 표면도 마찬가지로 금빛으로 반짝였습니다. 슬레이트 지붕 아래 좁다란 창가에는 다소곳이 놓인 가느다란 양초(독일은 역시나 검소한 나라였지요!)가 깜빡였습니다. 돌담 벽 뒤 포도나무에서는 구불구불한 덩굴손이 삐죽 삐져나와 있었습니다. 삼각형 모양의 광장 한가운데에 있는 오래된 우물 그림자 사이로 무언가가 스쳐 지나가는 듯싶더니, 야간 경비원의 나른한 휘파람 소리가 갑자기 정적을 깼고, 이윽고 순한 개가 낮게 으르렁거리는 소리가 들리더군요. 부드러운 바람이 얼굴을 훑고 지나가고 보리수나무에서 향기로운 냄새가 나자 나는 더 깊이 숨을 들이마셨습니다. 그랬더니 나의 입에서는 감탄도 아니고 질문도 아닌 듯한 '그레첸'*이라는 단어가 튀어나왔습니다.

   Z시는 라인강 강변에서 이삼 킬로미터 떨어진 곳에 있었습니다. 나는 종종 웅장한 강을 구경하러 가곤 했는데, 물푸레나무 아래 돌 벤치에 몇 시간 동안 앉아 있다 보면 나도 모르게 변덕스러운 미망인에 대해 곰곰이 생각하게 되곤 했지요. 물푸레나무 뒤쪽에는 조그만 조각상이 있었습니다. 어린아이 같은 얼

---

* 독일의 흔한 여자 이름.

굴을 한 성모 마리아가 여러 개의 검에 찔린 진홍색 심장을 가슴 밖으로 드러낸 채 슬픈 모습으로 밖을 내다보고 있었지요. 반대편 강변에는 내가 머물렀던 Z시보다 조금 더 큰 L시가 있었습니다. 어느 날 저녁, 난 내가 제일 좋아하는 벤치에 앉아 강, 하늘, 그리고 포도밭을 번갈아 쳐다보고 있었습니다. 금발의 장난꾸러기 소년들은 타르 칠을 한 바닥이 드러나도록 뒤집어놓은 배 옆면을 기어오르고 있었습니다. 강에는 작은 배들이 느슨한 돛을 단 채 천천히 하류로 미끄러져 내려가고 있었고, 초록빛 물결이 조용히 보글보글 파문을 일으키며 흘러갔습니다. 그러던 중 갑자기 음악 소리가 들려왔어요. 나는 좀 더 귀를 기울여보았지요. L시에서 왈츠가 연주되고 있었던 거예요. 콘트라베이스 소리가 돌발적으로 뿜어져 나왔고, 바이올린은 모호한 멜로디를 쏟아냈으며, 플루트는 경쾌하게 노래했습니다.

"저게 뭔가요?" 마침 벨벳 조끼에 파란 스타킹을 신고, 버클 달린 신발을 신은 노인이 내 쪽으로 다가오고 있기에 그에게 물었습니다.

"저거요?" 그가 파이프를 한쪽 입가에서 다른 쪽으로 옮겨 물고는 대답했습니다. "B에서 온 학생들이요, 콤메르쉬를 열러 여기 왔다는군요."

'나도 구경을 가봐야겠군. 마침 L시에는 가본 적이 없으니.' 나는 속으로 생각했습니다. 나는 곧장 나룻배 사공을 물색해 반대편으로 강을 건너갔습니다.

2

콤메르쉬가 뭔지 모르는 사람도 있을 것입니다. 콤메르쉬란 같은 지역 혹은 사교 클럽(향우회) 소속 대학생들이 모두 참석하는 일종의 성대한 연회 같은 것이랍니다. 콤메르쉬에 참석하는 사람들 대부분은 유서 깊은 독일 학생의 복장을 합니다. 짧은 군대식 재킷을 입고, 높은 부츠를 신고, 미리 정해놓은 색깔의 끈이 달린 챙 없는 모자를 써야 합니다. 학생들은 보통 선배, 즉 연장자의 주도하에 저녁 식사에 참석합니다. 그리고 새벽까지 술을 마시고, '란데스바터Landesvater'*나 '가우데아무스Gaudeamus'** 같은 노래를 부르고, 담배를 피우고, 교양 없는 속물들을 비난합니다. 때로는 밴드를 고용하기도 한다지요.

이 설명에 정확하게 부합하는 콤메르쉬가 L시에서, 그것도 기품 있는 '태양' 여관 앞 거리를 향하고 있는 정원에서 열리고 있었습니다. 정원과 여관은 펄럭이는 깃발로 장식이 되어 있었고, 학생들은 깔끔하게 정돈한 보리수나무 아래 탁자에 자리를 잡고 있었습니다. 그중 한 탁자 아래에는 커다란 불도그 한 마리가 누워 있는 게 보였습니다. 연주자들은 조금 떨어진 곳, 담쟁이덩굴이 우거진 정자에 앉아 열심히 연주하다가, 이따금 생맥주를

---

* 독일 대학생들이 연회 때 부르는 노래로, 브람스의 '대학축전 서곡'에 인용된 곡 중 하나.
** 유럽 대학의 축제나 행사에서 불리던 라틴어 학술 찬가.

마시며 기운을 내더군요. 정원의 낮은 난간 앞에 정말 많은 사람들이 모여 있었습니다. L시의 선량한 시민들은 손님들을 구경할 기회를 놓치지 않기로 결심한 모양이었어요. 나 역시 구경꾼들 무리에 합류했지요. 학생들의 얼굴을 보고 있자니 즐거웠습니다. 그들의 포옹, 환호, 젊은이들의 순수한 애교, 불타는 듯한 눈빛, 까닭 없는 웃음(세상에서 가장 좋은 웃음), 이 모든 싱싱하고 젊은 생명의 들끓음, 앞으로(앞으로 나아갈 수만 있다면 어디든) 나아가려는 충동, 마음 착한 자유분방함이 나에게 감동과 영감을 주었습니다. 나도 그들 사이에 낄 수 있다면 좋겠다는 생각마저 들었습니다.

"충분히 보지 않았어, 아샤?" 그때 내 바로 뒤에서 러시아어를 하는 남자의 목소리가 들렸습니다.

"조금만 더 기다려요." 역시나 러시아어로 여자가 대답하더군요.

나는 곧장 뒤를 돌아보았지요… 내 시선이 닿은 곳에는 챙이 달린 모자를 쓰고 헐렁한 재킷을 입은 잘생긴 젊은 남자가 있었습니다. 그리고 그가 여자의 팔을 잡고 있었어요. 키가 그리 크지 않은 여자는 얼굴 윗부분이 다 가려지는 밀짚모자를 쓰고 있었지요.

"러시아 분들이신가요?" 나도 모르게 불쑥 질문이 튀어나왔습니다.

젊은 남자가 웃으며 대답했습니다. "네."

"상상도 못 했어요… 이렇게 외진 곳에서….."내가 말을 꺼냈습니다.

"저희도요!" 남자가 끼어들더군요. "하지만 그래서 훨씬 더 좋네요! 제 소개를 하죠. 제 이름은 가긴이라고 합니다. 그리고 이쪽은 저의…" 그가 잠시 머뭇거렸습니다. "여동생입니다. 저도 성함이 어떻게 되는지 여쭤봐도 될까요?"

나도 내 이름을 알려주었고 우린 그렇게 서로 대화를 시작했습니다. 가긴 역시 나와 마찬가지로 재미 삼아 여행을 하다가 일주일쯤 전에 L시에 오게 되었고, 그 후로 여기에 머물고 있다고 했습니다. 솔직히 말해 나는 외국에서 러시아 사람과 친해지는 걸 딱히 원하진 않았어요. 나는 멀리서 걸음걸이나 옷 모양새, 특히 얼굴 표정만 봐도 러시아 사람을 구분할 수 있었어요. 보통은 자기만족적이고 무례하며, 종종 군림하려 드는 표정을 짓다가 같은 러시아 사람을 만나기만 하면 급격히 조심스러워지거나 불안한 표정을 짓곤 했거든요. 오늘 만난 남자 역시 갑자기 경계하며 이리저리 불안한 시선을 옮겼습니다. '오, 이런, 내가 바보 같은 짓은 한 건 아니겠지! 사람들이 나를 보고 웃는 건 아닐 거야!' 그의 어쩔 줄 몰라 하는 시선이 이렇게 말하는 것 같았습니다…. 하지만 잠시 후에는 다시 위엄 넘치는 표정을 지어보였습니다. 가끔 멍하니 놀라는 표정을 짓기도 했고요. 그렇습니다, 저는 러시아인들을 피했어요. 하지만 가긴에게는 곧바로 호감을 느꼈습니다. 세상에는 본래 이렇게 좋은 얼굴이 있습니다. 보기만 해도 따뜻해지고 위로가 되는 그런 얼굴이요. 가긴의 얼굴이 그런 얼굴이었어요. 크고 온화한 눈에 부드러운 곱슬머리를 지닌 기분 좋고 다정한 얼굴이었지요. 게다가 그가 말하는 목소리를 들으면, 심지어 그의 얼굴을 쳐다보고 있지 않아도, 그 목소리만으로 그가 미소 짓고 있다는 걸 느낄 수 있었어요.

그가 여동생이라던 소녀는 보자마자 굉장히 예쁘다는 인상을 받았습니다. 올리브색 피부의 둥근 얼굴, 조그맣지만 예쁜 코, 어린아이 같은 뺨, 또렷한 까만 눈에는 그녀만의 개성이 있었습니다. 몸매도 우아했지만 아직 완전히 성숙하진 않은 듯했어요. 또 오빠와는 조금도 닮은 구석이 없었지요.

"저희랑 같이 집에 가시겠어요?" 가긴이 제안했습니다. "독일인들이라면 이미 충분히 본 것 같아요. 우리 러시아 학생들이었다면 이미 유리를 깨고 의자를 부수었을 텐데, 독일 학생들은 몹시도 시시하네요. 이제 집에 가는 거 어때, 아샤?"

소녀는 좋은 생각이라는 듯 고개를 끄덕였습니다.

"저희는 도시 외곽에 살고 있습니다." 가긴이 이야기를 이어갔습니다. "고지대 포도밭 한가운데에 저희 집만 덩그러니 있지요. 괜찮은 곳이에요. 아마 마음에 드실 거예요! 주인아주머니가 발효 우유를 만들어주시겠다고 했어요. 곧 어두워질 테니까 달이 뜨기를 기다렸다가 라인강을 건너는 게 좋을 것 같네요."

그렇게 우리는 출발했습니다. 우리는 좁은 성문을 지나(도시는 거친 돌을 쌓아 만든 오래된 성벽으로 둘러싸여 있었어요. 성벽에는 총 쏘는 구멍이 있는 흙벽이 온전히 남아 있었죠.) 확 트인 들판으로 나왔습니다. 그리고 성벽을 따라 백 미터 정도 걸어서 아주 조그만 쪽문 앞에 멈춰 섰습니다. 가긴은 쪽문을 열고 가파른 길을 따라 경사를 올라갔어요. 길 양쪽 계단식 밭에는 포도가 자라고 있었습니다. 지금 막 해가 진 덕분에 맑은 진홍색 빛이 초록 덩굴, 높은 말뚝, 마른 흙, 바닥에 깔린 널돌, 그리고 언덕 꼭대기에 자리 잡은 까만 기둥이 비스듬하게 서 있고 환한 창문이 네 개 달린 작은 집의 흰 벽 위로 쏟아지고 있었습니다.

"여기가 저희 집입니다!" 가긴이 집으로 다가가며 외쳤습니다. "그리고 주인아주머니가 우유를 가져다주셨군요. 구텐 아벤트, 마담! 어서 같이 먹어요, 하지만 그 전에." 그가 덧붙였습니다. "뒤를 돌아보세요. 경치가 어떠신가요?"

경치는 정말로 아름다웠습니다. 라인강이 저 멀리 초록 강둑을 사이에 두고 은빛으로 반짝이며 흐르고 있었지요. 강의 일부는 석양 때문에 진홍색 빛을 띤 금색으로 반짝였고요. 강가에 자리 잡은 작은 도시의 집과 거리가 한눈에 다 들어왔고, 언덕과 들판은 저 멀리까지 넓게 펼쳐져 있었습니다. 아래쪽도 충분히 훌륭했지만, 위쪽은 한층 더 아름다웠지요. 맑고 깊은 하늘, 환하게 투명한 대기가 내게 깊은 인상을 심어주었습니다. 공기는 시원하고 산뜻했으며, 그 정도 높은 지대에서는 공기가 더 자유롭게 퍼져 나가기라도 하는 듯 일렁일렁 물결쳤습니다.

"정말 훌륭한 곳을 골랐군요." 내가 말했어요.

"아샤가 찾았답니다." 가긴이 대답했습니다. "아샤, 여기 집 밖에서 식사할 수 있게 해주겠니? 오늘은 여기서 저녁을 먹어야겠어. 여기가 음악 소리도 더 잘 들리니까. 눈치채셨는지 모르겠지만." 그가 나를 돌아보며 이야기를 이어갔습니다. "가까이서 들으면 그저 거칠고 저속한 소리의 뒤섞임에 불과한 왈츠가 멀리서 들으면 갑자기 확 다르게 느껴지면서 로맨틱한 화음을 자극한다는 걸 아시나요?"

아샤(사실 그녀의 이름은 안나였지만 가긴은 아샤라고 불렀습니다. 여러분이 허락한다면 나도 아샤라고 부르도록 하지요.)는 집 안으로 들어가더니 곧 주인아주머니와 함께 나왔습니다. 두 사람이 들고 나온 쟁반에는 우유병, 접시, 숟가락, 설탕, 산딸기, 그리고 빵이 놓여 있었어요. 우린 앉아서 식사를 시작했습니다. 아샤가 모자를 벗더군요. 그녀의 머리카락은 검고 다소 짧았습니다. 그녀가 사내아이처럼 머리카락을 부드럽게 빗어 넘기자 그녀의 목과 귀 뒤로 묵직한 머리카락이 쏟아졌습니다. 처음에 아샤가 내게 낯을 가리자, 가긴이 그 모습을 꾸짖었습니다.

"언제까지 샐쭉하게 있을 거야, 아샤! 이분이 널 잡아먹기라도 하겠니!"

아샤는 미소를 지었습니다. 그리고 잠시 후 본인이 먼저 말을 걸기 시작했어요. 이렇게 끊임없이 움직이는 사람은 본 적이 없었습니다. 그녀는 한시도 가만히 앉아 있지 않았어요. 일어나서 집으로 뛰어 들어갔다가 다시 나오기도 하고, 혼자 노래를 흥얼거리기도 했으며, 자주 웃기도 했습니다. 그 웃는 모습도 굉장히 특이했는데, 뭔가 다른 사람의 이야기를 듣고 웃는 게 아니라 자기 머릿속에 떠오르는 생각 때문에 웃는 것 같았거든요. 그녀는 똘망똘망한 눈을 크게 뜨고 대담하게 앞을 바라보고 있었지만, 이따금 눈을 내리깔 때면 그 시선이 놀랍도록 깊고 상냥해 보였습니다.

우리는 거의 두 시간 가까이 수다를 떨었어요. 날은 이미 오래전에 저물었습니다. 처음엔 환하게 불타는 것 같던 저녁 하늘이 점점 고요한 진홍색으로 빛나다가, 어느덧 희미하고 창백하게 반짝반짝 사그라들더니, 서서히 밤이 찾아왔습니다. 하지만 우리의 이야기는 계속 이어졌어요. 우리를 둘러싼 공기처럼 고요하고 평화롭게 말이죠. 가긴은 라인산 와인을 한 병 주문했고, 우린 느긋하게 술을 즐겼습니다. 음악 소리도 끊이지 않았는데, 어쩐지 아까보다 더 감미롭고 부드럽게 들렸습니다. 도시에도, 강 위에도 등불이 켜졌습니다. 그때 아샤가 머리카락이 눈 위로 쏟아질 만큼 고개를 푹 숙이더니, 갑자기 입을 다물고 한숨을 푹 쉬더군요. 그녀는 이제 자야 할 것 같다며 집으로 들어갔습니다. 하지만 난 한참 동안 그녀를 지켜보았어요. 그녀는 촛불을 켜지도 않고 닫힌 창문 앞에 가만히 서 있더군요. 마침내 달이 떠올라 라인강 위로 달빛이 쏟아졌습니다. 모든 것이 아까와는 다르게 보였습니다. 어떤 것은 환하게 보였고, 또 어떤 것은 컴컴한 어둠 속으로 사라졌지요. 심지어 무늬가 새겨진 유리잔 속 와인

마저도 신비롭게 빛을 내고 있었습니다. 바람이 날개를 접어버린 듯 갑자기 잠잠해졌습니다. 땅에서 향기로운 밤의 온기가 풍겨 나오더군요.

"이제 집에 갈 때가 됐네요!" 내가 크게 외쳤습니다. "지금 가지 않으면 나룻배 사공을 못 구할 것 같거든요."

"집에 갈 때가 됐군요." 가긴이 내 말을 따라 했습니다.

우리는 길을 따라 언덕을 내려갔습니다. 갑자기 뒤쪽에서 돌멩이가 굴러 내려오더군요. 아샤가 우리를 뒤쫓아오고 있었던 것입니다.

"잠든 줄 알았는데." 가긴이 말했지만 아샤는 대꾸도 없이 우리를 스쳐 지나갔습니다. 여관의 정원 안에 학생들이 불을 붙여 놓은 희미한 등불이 아래쪽에서 나뭇잎을 비추고 있어서, 나무에서 환상적인 축제 분위기가 느껴졌습니다. 우리는 강둑에서 뱃사공과 이야기를 나누는 아샤를 발견했습니다. 나는 배에 폴짝 올라타 새로 사귄 친구들에게 작별 인사를 했습니다. 가긴은 내일 나를 만나러 오겠다고 약속했어요. 나는 그의 손을 꼭 잡고 다른 한 손을 아샤에게 내밀었지만, 아샤는 나를 빤히 쳐다보더니 고개를 저었습니다. 배는 강둑을 떠나 빠른 물살을 타고 떠내려갔습니다. 건장한 노년의 뱃사공은 시커먼 물속에 힘차게 노를 던져넣었습니다.

"당신이 달빛의 기둥 속으로 들어갔어요. 그래서 달빛이 흩어졌어요." 아샤가 나를 향해 소리쳤습니다.

난 아래를 내려다보았습니다. 강물이 시커먼 파도를 일으키며 배를 들썩이고 있었습니다.

"잘 가요!" 그녀의 목소리가 한 번 더 울려 퍼졌습니다.

"내일 봐요!" 가긴이 소리쳤습니다.

배가 반대편 강변에 다다랐습니다. 나는 배에서 내려 뒤를 돌아보았지요. 반대편 강둑엔 이제 아무도 보이지 않았습니다. 기둥처럼 쏟아지는 달빛만이 금으로 만든 다리마냥 강 위에 곧게 뻗어 있었습니다. 작별을 고하기라도 하는 듯 촌스러운 라너 왈츠* 소리가 들려왔습니다. 가긴 말이 맞았어요. 내 영혼의 모든 화음이 그 묘한 선율에 반응하여 떨리고 있었습니다. 나는 향기로운 공기를 천천히 들이마시며 어두운 들판을 지나 집까지 걸어갔습니다. 방에 도착했을 때는 끝을 알 수 없는 막연한 기대감이 주는 달콤한 피로감에 젖어 꽤나 나른한 상태였습니다. 나는 행복했어요… 그런데 무엇이 날 행복하게 만든 걸까요? 난 아무것도 바라지 않았고, 아무것도 생각하지 않았습니다…. 하지만 행복했어요.

나는 이불 속으로 몸을 날렸습니다. 왠지 가뿐하고 기분이 좋아서 웃음이 나올 지경이었습니다. 슬슬 눈을 감으려던 순간 나는 갑자기 깨달았어요. 내가 저녁 내내 그 무정한 미망인을 한 번도 생각하지 않았다는 사실을 말이죠… "이게 무슨 뜻이지?"

---

* 오스트리아 작곡가 요제프 라너가 쓴 왈츠.

나는 스스로에게 물었어요. "사랑에 빠진 게 아니었나?" 하지만 이런 질문을 던진 채 나는 요람 속 아기처럼 곧바로 잠이 들어버렸습니다.

3

다음 날 아침(이미 잠에서 깼지만 침대에 누워 있었죠.) 지팡이로 창유리를 두드리는 소리, 그리고 누군가의 노랫소리가 들렸습니다. 난 곧바로 그게 가긴의 목소리라는 걸 알아챘죠.

그대가 자고 있다면, 내가 깨워드리지요
내 기타 선율로…

난 서둘러 문을 열었습니다.
"좋은 아침입니다." 그가 들어오며 말했습니다. "제가 너무 일찍 깨웠나요? 하지만 보세요. 얼마나 멋진 아침인지! 공기는 신선하고, 사방에 이슬이 맺혀 있고, 종달새는 노래하고 있다고요…."
그의 윤기 나는 곱슬머리, 훤하게 드러난 목, 분홍빛 뺨을 보니 그 자신도 마치 이 아침처럼 생생해 보였습니다.
얼른 옷을 차려입고 같이 정원으로 나갔습니다. 우린 벤치에 앉아 커피를 주문한 뒤 이야기를 시작했지요. 가긴은 앞으로의 계획을 내게 알려주었습니다. 그는 충분한 돈을 벌어서 독립할 수 있게 되면 예술에 전념할 생각이라고 했습니다. 그는 이렇게 마음을 먹기까지 너무 오래 걸린 나머지 너무나 많은 시간을 허비해버린 것이 유일하게 후회되는 점이라고 했지요. 나 역시 그에게 내 계획을 털어놓았습니다. 다른 것보다도 내 불행한 사랑의 비밀을 알려주었지요. 그는 관대한 모습으로 내 이야기를 들어주었지만 내가 보여주는 열정만큼 그의 공감을 불러일으키지는 못한 것 같았습니다. 그는 예의상 몇 차례 한숨을 내쉬더니 자기 스케치를 구경하러 집에 가자고 하더군요. 나는 선뜻 승낙했습니다.

아샤는 집에 없었습니다. 주인아주머니 말로는 '성터'에 갔다더군요. L시를 지나 몇 킬로미터를 가면 봉건시대 성의 폐허가 있거든요. 가긴은 자신이 그린 작품집을 모두 꺼내 보여주었습니다. 그의 습작에는 상당한 생명력과 진실함이 묻어났으며, 확실히 자유와 여유로움이 느껴지기도 했습니다. 하지만 단 한 작품도 제대로 완성된 게 없었어요. 게다가 그가 그린 선이 불완전하고 약하다는 생각도 들었습니다. 나는 내가 생각한 바를 꽤나 솔직하게 털어놓았습니다.

"맞아요, 맞습니다!" 그가 한숨을 쉬며 외쳤습니다. "당신 말이 맞아요. 모두 엄청 형편없고 미숙하죠. 하지만 어쩌겠어요? 저는 아직 그림을 제대로 배운 적이 없는 데다가, 저에겐 저주받은 슬라브인의 나태함까지 있는걸요. 무얼 할지 고민하는 동안에는 독수리처럼 날아올라 온 산을 날아다닐 수 있을 것 같지만, 막상 실행에 옮기면 갑자기 지치고 나약해져 버리거든요."

내가 뭔가 용기를 주는 이야기를 하려 했더니, 그가 손짓으로 나를 조용히 시켰습니다. 그는 자신의 그림을 모두 모아서 소파에 내던져버렸습니다.

"인내심이 있었더라면 나도 뭔가 해낼 수 있었을 거예요." 그가 이를 악물고 말했습니다. "하지만 그렇지 않기에 난 열등생으로 남을 수밖에 없어요. 가서 아샤나 찾읍시다!"

그렇게 우리는 집을 나섰습니다.

4

나무가 우거진 좁은 계곡의 비탈길을 따라 성터로 가는 길이 구불구불 이어져 있었습니다. 계곡 아래쪽에는 급류가 흐르고 있어서 돌멩이 위로 시끄럽게 물이 쏟아져 내렸습니다. 마치 험준하게 깎아지른 산맥의 어두운 경계선 너머, 평화롭게 반짝이는 큰 강을 만나기 위해 서두르고 있는 듯한 모습이었습니다. 가긴은 빛이 내리쬐어 유난히 아름다운 곳들을 가리켰습니다. 그러면서 자신은 화가가 아닐지는 몰라도 예술가의 정신을 지녔다고 말하더군요. 얼마 안 가 성터가 보였습니다. 헐벗은 바위 꼭대기에 사각 첨탑이 솟아 있었습니다. 전체적으로 검은 첨탑은 여전히 튼튼해 보였지만 사선으로 길게 금이 가 있었습니다. 이끼로 뒤덮인 벽이 탑 옆으로 이어져 있었고, 벽에는 담쟁이가 매달려 있었으며, 구부러진 나무들이 하얗게 바랜 흙벽과 무너질 것 같은 아치 아래로 드리워져 있었습니다. 돌길이 성문까지 이어져 있었는데, 성문은 아직도 멀쩡해 보였습니다. 우리 둘이 성문으로 다가가자, 여자의 형상이 휙 스쳐 지나가더니 돌무더기를 폴쩍 뛰어넘고는 낭떠러지 가장자리에 모습을 드러냈습니다.

"어, 아샤잖아!" 가긴이 외쳤습니다. "쟤가 왜 저러는 거지?"

우리는 성문을 통과해 야생 능금나무와 엉겅퀴가 제멋대로 자라고 있는 자그마한 안뜰로 들어갔습니다. 난간에 있는 건 정말 아샤가 맞더군요. 우리를 향해 고개를 돌린 아샤는 웃고 있었지만, 자기 자리에서 꼼짝도 하지 않았습니다. 가긴은 그녀를 향해 손가락을 흔들었고 나는 그녀의 무모함을 큰 소리로 비난했습니다.

"아샤를 그냥 내버려두세요." 가긴이 내게 속삭였습니다. "저 애를 놀리지 마세요. 당신은 저 아이를 잘 알지도 못하잖아요. 저 애도 탑에 기어오를 생각은 없을 거예요. 그저 지켜보면서 이곳 사람들의 현명함에 감탄하는 편이 더 나을 겁니다."

나는 주위를 둘러보았습니다. 모퉁이에 작은 나무판자로 만든 노점이 있었는데, 한 노파가 양말을 뜨면서 안경 너머로 우리를 유심히 바라보고 있었습니다. 노파는 관광객들에게 맥주, 생강쿠키, 탄산수를 팔고 있었어요. 우리는 벤치에 앉아 무거운 주석

잔에 담긴 꽤나 차가운 맥주를 마시기 시작했습니다. 아샤는 얇은 스카프를 머리에 두르고 무릎을 꿇은 채 아까 그 자리에 꼼짝 않고 앉아 있었습니다. 맑은 하늘을 배경으로 우아한 몸매의 실루엣이 매력적으로 드러났습니다. 하지만 나는 알 수 없는 불쾌감을 품은 채 그녀를 바라보았어요. 바로 전날부터 그녀에게서 뭔가 자연스럽지 않은, 왠지 긴장된 분위기를 느꼈기 때문이지요…. '우리에게 깊은 인상을 남기고 싶은 모양이야.' 나는 생각했습니다. '그게 아니라면 왜 저러겠어? 왜 저런 어린아이 같은 장난을 치겠어!' 내 생각을 읽기라도 한 듯 그녀가 갑자기 내 눈치를 살피더니, 다시 한번 웃음을 터트렸습니다. 그러더니 껑충껑충 두 번의 뜀박질로 성벽에서 뛰어내리더니 노파에게로 가서 물 한 잔을 부탁했습니다.

"내가 목이 말라서 이러는 줄 알죠?" 그녀가 자기 오빠에게 다가오며 말했습니다. "아니에요. 성벽 사이에 꽃이 피어 있는데 당장 물을 줘야 할 것 같아서 그래요."

하지만 가긴은 아샤의 말에 관심이 없었습니다. 아샤는 한 손에 물컵을 들고 다시 성벽을 오르기 시작했습니다. 그러다 중간중간 멈춰 서서 터무니없이 심각한 분위기를 풍기며 몸을 숙이더니, 햇빛을 받아 눈부시게 빛나는 물 몇 방울을 꽃에 똑똑 떨어뜨렸죠. 그녀의 몸동작은 매력적이었어요. 그녀의 민첩함과 날렵함을 감탄하며 바라볼 수밖에 없었습니다. 그럼에도 나는 여전히 그녀에게 짜증이 나 있었습니다. 굉장히 위험한 위치에 다다르자 그녀는 일부러 과장된 비명을 지르고는 또 갑자기 웃음을 터트렸어요… 나는 점점 더 짜증이 났습니다.

"염소처럼 잘도 오르는구만!" 노파가 양말을 짜다 말고 잠시 고개를 들어 중얼거렸습니다.

마침내 물을 다 준 아샤가 장난스럽게 몸을 흔들며 우리 쪽으로 다가왔습니다. 묘한 미소를 짓는 그녀의 눈썹, 콧구멍, 입술이 장난스럽게 움찔거렸고, 가늘게 뜬 짙은 색 눈은 한편으로는 반항적으로, 한편으로는 명랑하게 보였습니다.

"내 행동이 적절치 못하다고 생각하겠죠. 하지만 난 상관없어요. 실은 날 감탄하며 바라봤다는 걸 알고 있으니까." 그녀의 표정이 이렇게 말하는 것 같았습니다.

"잘했다, 아샤, 잘했어!" 가긴이 조용한 목소리로 말했습니다.

그녀는 갑자기 부끄러워진 듯 보였습니다. 죄책감이라도 느낀 사람처럼 긴 속눈썹을 내리깔고는 우리 사이에 얌전히 앉더군요. 나는 처음으로 그녀의 얼굴을 제대로 들여다보았습니다. 내가 본 중 가장 변화무쌍한 얼굴이더군요. 잠시 후 그녀의 얼굴이 창백하게 변하더니, 무언가에 몰두한 듯 슬픈 표정을 지었습니다. 바로 그 모습을 보니 그녀의 얼굴이 더 크게, 더 꾸밈없이, 더 단순하게 보였습니다. 우리는 풍경에 감탄하며 성터를 한 바퀴 돌았습니다. (아샤는 우리 뒤를 쫓아왔지요.) 어느덧 저녁 시간이 다가오고 있었습니다. 가긴이 노파에게 돈을 주며 맥주 한 잔을 더 주문했습니다. 그리고 나를 바라보더니 다 안다는 표정으로 소리쳤습니다.

"당신이 가슴에 품고 있는 여인의 건강을 위하여!"

"정말로 가슴에 품고 있는 여인이 있는 거예요?" 아샤가 불쑥 물었습니다.

"아닌 사람도 있나?" 가긴이 얼버무렸습니다.

아샤는 잠시 생각에 잠겼어요. 또 한 번 얼굴이 변하더군요. 이번에 그녀는 무례할 정도로 반항적인 표정을 지어보였습니다.

돌아오는 길, 그녀는 전보다 더 자유분방하게 웃음을 터트리며 뛰어다녔습니다. 기다란 나뭇가지를 부러뜨려 총처럼 어깨에 메기도 하고 머리에 스카프를 두르기도 했지요. 금발 머리의 평범한 영국인 대가족을 마주쳤던 것도 기억나는군요. 가족들이 마치 누군가의 명령을 듣기라도 하는 듯 일제히 아샤를 향해 얼음처럼 차가운 놀라움의 눈빛을 쏟아내더군요. 그러자 그녀는 일부러 보란 듯이 노래를 부르기 시작했지요. 집에 도착하자마자 그녀는 자기 방으로 들어가 버리더니 저녁 준비가 끝나자 다시 나타났습니다. 가장 멋진 드레스를 입고, 단정하게 머리를 빗고, 허리를 바짝 조이고, 손에 장갑까지 끼고 말이죠. 그녀는 식탁에 앉아서도 예의가 넘칠 정도로 침착하게 행동했습니다. 음식에는 거의 손도 대지 않고 물도 와인 잔에 담아 조금씩 홀짝이더군요. 내 앞에서 완전히 새로운 역할을 선보이고 싶었던 게 분명합니다. 예절 바르고 본데 있게 자란 젊은 아가씨 역할 말이에요. 가긴은 역시나 이번에도 아샤를 그냥 내버려두었습니다.

가긴은 아샤의 모든 변덕을 다 받아주는 경향이 있다는 걸 알 수 있었지요. 그는 이따금 기분 좋은 표정으로 나를 바라보며 어깨만 으쓱해보였습니다. 마치 "아직 어린애잖아요. 친절하게 대해주세요!"라고 말하는 것 같았습니다. 식사가 끝나자 아샤가 자리에서 일어나더니 무릎을 굽혀 인사를 하고는 모자를 썼습니다. 그러고는 루이제 부인 댁에 가도 되는지 가긴에게 물었습니다.

"네가 언제부터 나한테 허락을 받았다고 이러는 거야?" 그가 변함없는 미소를 지으며 대답했습니다. 다만 이번에는 살짝 당황한 기색이 엿보였습니다. "우리랑 있는 게 지루한 거야?"

"전혀 그런 게 아니에요, 어제 루이제 부인이랑 약속을 해서 그래요. 게다가, 둘만 있는 걸 더 좋아할 것 같아서요, N씨께서 (그녀가 나를 가리켰다.) 다른 할 말도 있는 것 같고."

그렇게 그녀는 나가버렸습니다.

"루이제 부인은." 가긴이 내 눈을 피하며 이야기를 시작했습니다. "이전 시장의 미망인이에요. 중요한 분이지만 머리는 텅 빈 노파죠. 부인이 아샤에게 관심이 많습니다. 아샤는 신분이 낮은 사람들과 친해지려는 욕망이 있어요. 내가 관찰한 바로는 그게 다 오만함 때문인 것 같아요. 이미 눈치채셨겠지만 아샤는 확실히 좀 버릇이 없어요." 그가 잠시 입을 다물었다가 덧붙였다. "하지만 뭐 어쩌겠어요? 저는 그 누구도 엄격하게 대하질 못해요. 아샤의 경우엔 더 그렇고요. 저는 아샤에게 너그러울 수밖에 없단 말입니다."

 나는 아무 말도 하지 않았습니다. 그러자 가긴이 대화 주제를 바꾸더군요. 그를 알수록 그가 더 좋아졌습니다. 나는 곧 그 사람을 파악할 수 있었습니다. 그는 진정으로 러시아인의 혼을 가진 진실하고 정직하며 외골수 기질의 사람이었습니다. 다만 안타깝게도 힘이 없고, 집념과 열정이 부족했지요. 젊음도 그 사람 안에서는 마구 끓어오르지 못하고 그저 조용히 빛을 발하기만 하는 것 같았습니다. 그는 매력적이고 똑똑했지만 완전히 성숙한 사람이 되었을 때 어떤 모습일지 상상이 되지 않았습니다. 화가가 되어 있을까요? 화가가 되기 위해서는 끊임없는 노력이 필요합니다…. 그리고 그의 불확실한 이목구비를 바라보고, 그의 느릿느릿한 말투를 듣고 있자면, 노력이라는 것도 결코 억지로 할 수 없는 일이란 걸 깨닫게 됩니다. 하지만 그를 좋아하지 않을 수 없었습니다. 나의 온 마음이 그를 향했지요. 우리는 번갈아 가며 소파에 앉기도 하고, 천천히 집 앞을 산책하기도 하며 서너 시간을 보냈습니다. 그리고 이 시간 동안 절친한 친구가 되었습니다.

 해가 지고 이제 떠날 시간이 되었습니다. 그때까지도 아샤는 집에 돌아오지 않았지요.

 "정말 제멋대로라니까요!" 가긴이 외쳤습니다. "같이 가실까요? 가는 길에 루이제 부인 댁에 들러서 아샤가 있는지 확인도 하고요. 조금만 돌아가면 된답니다."

 우리는 도시를 향해 내려가다가 좁고 구불거리는 골목으로 꺾어 들어갔습니다. 그리고 창문이 두 개밖에 없는 좁다란 사 층짜리 건물 앞에 멈춰 섰지요. 그 건물은 이 층이 일 층보다 앞으로 더 튀어나와 있었고, 삼 층과 사 층은 이 층보다 더 튀어나온 상태였습니다. 이 부서질 것 같은 석조 건물은 두 개의 두꺼운 기둥이 위층을 떠받들고 있었고, 다락방 위에 가파른 지붕과 부리를 닮은 돌출부가 있어서 마치 웅크리고 있는 거대한 새처럼 보였습니다.

"아샤! 거기 있니?" 가긴이 외쳤습니다.

삼 층의 불 켜진 방에서 창문 열리는 소리가 들리더니 아샤의 까만 머리가 보였습니다. 아샤 뒤에는 이가 다 빠지고 앞도 잘 못 보는 늙은 독일 여자가 밖을 내다보고 있었습니다.

"나 여기 있어요!" 아샤가 요염한 모습으로 창턱에 팔꿈치를 기댄 채 소리쳤습니다. "나 너무 행복해요. 자, 이거 받아봐요!" 아샤가 가긴에게 제라늄 가지를 던지며 말했습니다. "내가 마음속 여인이라고 생각해주세요."

루이제 부인이 웃음을 터트렸습니다.

"N씨는 집에 돌아가는 중이셔. 너한테 작별 인사를 하러 오신 거야." 가긴이 말했습니다.

"그래요? 그럼 제라늄 꽃은 그분에게 드려요. 나도 금방 갈게요."

그녀는 창문을 쾅 닫고 루이제 부인에게 입을 맞추는 듯했습니다. 가긴은 조용히 내게 꽃가지를 내밀었지요. 나는 주머니에 가지를 집어넣고 강둑까지 걸어간 뒤 나룻배를 타고 반대편으로 이동했습니다.

 집으로 돌아오는 길, 별다른 생각을 하지는 않았지만 괜스레 마음이 무거워진 상태에서 갑자기 강렬한 냄새를 맡았던 기억이 납니다. 내게는 익숙하지만 독일에서는 좀처럼 맡기 힘든 냄새였지요. 나는 가만히 서서 길가에 있는 조그마한 대마초 밭을 바라보았습니다. 그 밭에서 풍기는 냄새를 맡으니 곧바로 고향이 떠올랐어요. 그 냄새가 내 영혼 속 격정적인 향수병을 자극하더군요. 나는 러시아의 공기를 마시고 싶었고, 러시아의 땅을 밟고 싶었습니다. "내가 지금 여기서 뭘 하는 걸까, 나는 왜 이 낯선 땅에서 낯선 사람들 틈을 배회하고 있는 걸까?" 이렇게 소리를 지르고 나니, 마음을 짓누르던 무거운 압박감이 갑자기 격렬하게 불타는 불안감으로 변해버렸습니다. 집으로 돌아왔을 때 내 기분은 그 전날과는 딴판이었어요. 화 같은 것이 치밀어올라 한동안 그 기분을 떨쳐낼 수가 없었습니다. 나 자신도 이해할 수 없는 고통에 사로잡혀버린 것이지요. 마침내 나는 자리에 앉아 나의 변덕스러운 미망인에 대해 생각했습니다. (사실 매일 같이 이 여인을 조용히 추억하며 하루를 끝냈지요.) 그리고 그녀에게서 받은 편지 한 통을 꺼냈습니다. 하지만 편지를 열어보기도 전에 곧장 내 생각이 다른 쪽으로 흘러갔습니다. 나는⋯ 아샤를 생각하기 시작했어요. 그러다 대화 도중에 가긴이 러시아로 돌아가기 힘든 사정이 있음을 살짝 언급했던 게 기억이 났습니다⋯. "잠깐, 그녀는 정말 그의 여동생인 건가?" 나는 큰 소리로 혼잣말을 했습니다.

나는 옷을 벗고 침대에 누워 잠을 자려고 애썼습니다. 하지만 한 시간 뒤, 나는 다시 침대에 앉아 베개에 팔꿈치를 얹고서, 다시 한번 '억지웃음을 짓던 변덕스러운 소녀'를 생각했습니다…. "그녀의 모습은 마치 파르네시나 프레스코화* 속 라파엘로가 그린 갈라테아**를 닮았어…." 나는 속삭였습니다. "그리고 그녀가 그의 여동생이 아닌 게 분명해…."

아까 꺼낸 미망인의 편지는 바닥에 얌전히 놓여 있었습니다. 달빛을 받아 하얗게 빛나는 채로요.

5

다음 날 아침 나는 다시 배를 타고 L시로 건너갔습니다. 나는 가긴을 만나고 싶은 거라고 스스로에게 말했지만, 사실은 남몰래 아샤가 어떻게 행동할지, 오늘도 어제처럼 이상한 장난을 칠지 보고 싶은 마음이 더 컸습니다. 둘은 응접실에 앉아 있더군요. 그런데 참 이상하게도(아마 어젯밤과 오늘 아침에 내가 러시아에

* 이탈리아 로마에 위치한 빌라 파르네시나라는 저택에는 벽에 프레스코화가 많이 그려져 있다.
** 화가 라파엘로가 그린 '갈라테아의 승리' 속 주인공.

대해 생각을 너무 많이 한 탓인지) 아샤가 전형적인 러시아 소녀, 그래요, 마치 하녀만큼이나 평범한 러시아 소녀로 보이는 겁니다. 낡은 드레스를 입고 머리카락을 귀 뒤로 빗어 넘긴 그녀는 창가에 조용히 앉아 있었습니다. 그리고 평생 다른 일은 한 번도 해본 적 없는 사람처럼 얌전하고 침착한 모습으로 수틀을 들고 수를 놓고 있었어요. 그녀는 거의 말을 하지도 않고 수틀에서 눈을 떼지도 않았습니다. 그녀의 표정도 너무나 평범하고 따분해 보였기에, 나는 고향에 있는 카챠와 마샤를 떠올릴 수밖에 없었습니다. 거기에다 그녀가 "어머니, 사랑하는 어머니"를 흥얼거리기 시작하자 한층 더 닮아보였습니다. 창백해서 이제 생기마저 없어 보이는 그녀의 얼굴을 흘깃거리고 있자니, 어제의 꿈들이 생각났고 뭔지 모를 후회마저 느껴졌습니다. 날은 눈부시게 아름다웠어요. 가긴은 스케치를 하러 나갈 거라더군요. 나는 같이 가도 되는지, 가면 방해가 되는 건 아닌지 물었습니다.

"오히려 반대죠. 저에게 훌륭한 조언을 해줄 수 있을 테니까요." 그가 대답했습니다.

반다이크 스타일의 둥근 모자를 쓰고 작업복을 입은 그가 겨드랑이에 작품집을 끼고 밖으로 나갔고, 나는 그의 뒤를 쫓아갔습니다. 아샤는 집에 있기로 했고요. 가긴은 출발 전 아샤에게 수프가 너무 묽어지지 않게 지켜보라고 시켰습니다. 그녀는 부엌을 들락거리며 지켜보겠노라고 약속했습니다. 이제는 내게도 익숙한 계곡에 도착하자, 가긴은 바위 위에 자리를 잡고 앉아 나뭇가지가 넓게 펼쳐진 늙고 속이 빈 참나무를 그리기 시작했습니다. 나는 풀밭에 누워 주머니에 있는 책을 꺼냈지요. 하지만 나는 책을 두어 쪽밖에 읽지 못했고, 가긴도 괜히 종이만 축내고 있을 뿐이었습니다. 우리는 주로 이야기를 나누었습니다. 어떻게 작업을 해야 할지, 피해야 할 것은 무엇이며, 받아들여야 할 체계는 무엇인지, 또 우리 시대 예술가의 의미는 어떤 것인지 현명하고도 통찰력 있게 토론을 했습니다. 마침내 가긴은 오늘은 '몸 상태가 좋지 않다'고 말하고는 내 옆에 드러누웠습니다. 그리고 우리는 젊은이들답게 자유로운 이야기를 쏟아냈습니다. 우리는 열정적이고 사려 깊고 열광적이었지만 예외 없이 모호한 토론에 깊이 빠졌습니다. 러시아인으로서는 너무나 소중한 경험이었지요. 우리는 실컷 수다를 떨고는 뭔가 대단한 성취를 이룬 사람마냥 만족스러운 기분으로 집에 돌아왔습니다. 아샤는 우리가 집을 나설 때와 정확히 같은 모습으로 우리를 맞았습니다. 아무리 자세히 들여다보아도 어제와 같은 교태는 흔적도 없었고, 무언가 꾸며낸 듯 연기하는 모습도 찾아볼 수가 없었습니다. 오늘은 아무도 그녀의 태도가 꾸며낸 거라고 비난할 수 없었습니다.

"아, 아샤가 금식과 참회를 하는 중인가 봐요." 가긴이 말했습니다.

저녁이 되자 아샤는 자기도 모르게 몇 차례 하품을 하더니 일찍 자기 방으로 들어갔습니다. 나도 곧 집으로 돌아왔고, 그날은 더 이상 공상에 빠져들지 않았습니다. 하루 종일 진지한 상태로 지냈지요. 하지만 침대에 눕자마자 무의식적으로 이렇게 외쳤던 기억이 납니다. "정말 카멜레온 같은 아이야!" 그리고 잠시 후 이렇게 덧붙였죠. "그래도 그녀가 그의 여동생이 아닌 건 분명해!"

6

꼬박 이 주 동안 나는 매일 가긴의 집을 방문했습니다. 아샤는 나를 피하는 듯했고, 처음 만나고 이틀 동안 날 놀라게 했던 별나고 엉뚱한 장난은 더 이상 하지 않았습니다. 남몰래 뭔가 슬퍼하거나 곤란해하는 듯 보였고, 심지어 잘 웃지도 않았습니다. 나는 호기심을 가지고 그런 그녀를 관찰했지요.

그녀는 프랑스어와 독일어를 상당히 잘했습니다. 하지만 그녀가 하는 행동으로 보건대 어린 시절 내내 여성의 보살핌을 받아 본 적은 없었던 것 같았습니다. 가긴이 받은 교육과는 완전히 다른 이상하고 특이한 교육을 받은 것 같았지요. 가긴은 반다이크 스타일의 모자를 쓰고 화가용 작업복을 걸쳤는데도 응석받이 러시아 신사 같은 온화한 분위기를 풍겼는데, 그녀에게는 어린 숙녀 같은 느낌이 전혀 없었습니다. 그녀는 잠시도 가만히 있지 않았어요. 접붙인 지 얼마 안 된 야생식물, 아직도 발효 중인 와인 같다고나 할까요. 선천적으로 숫기가 없고 소심했던 그녀는 자신의 수줍음이 마음에 들지 않았고, 그래서 더 대담하고 독립적으로 행동하려고 애썼지만 그 효과는 미미했습니다. 나는 그녀의 과거와 러시아에서의 생활에 대해 들어보려고 몇 차례 말을 걸어보았지만, 매번 마지못해 대답할 뿐이었습니다. 그래도 외국으로 나오기 전에 시골에서 오래 살았다는 건 알 수 있었어요. 하루는 혼자 고개를 숙인 채 책을 읽고 있는 그녀를 발견했습니다. 두 손을 머리카락 속에 찔러넣어 머리를 받친 채 책에 흠뻑 빠져 있더군요. "브라보!" 나는 그녀에게 다가가며 말했습니다. "정말 부지런한걸요!"

그녀는 고개를 들어 근엄하고 엄격한 눈빛으로 나를 쳐다보았습니다.

"내가 웃기만 하는 아이라고 생각하셨나요?" 그녀는 이렇게 말하더니 자리를 뜨려 했습니다.

나는 책 표지를 흘깃 보았습니다. 프랑스 소설이더군요.

"하지만 당신의 선택에 박수를 쳐주지는 못하겠네요." 내가 말했습니다.

"그럼 뭘 읽으란 말인가요?" 그녀가 탁자 위에 책을 내던지며 외쳤습니다. "그냥 나가서 놀래요." 그렇게 그녀는 정원으로 뛰어나갔습니다.

저녁이 되자 나는 가긴에게 《헤르만과 도로테아》*를 큰 소리로 읽어주었습니다. 처음에는 우리 옆을 계속 스쳐 지나가던 아샤

---

* 18세기 말 괴테가 쓴 서사시.

도 잠시 후에는 고개를 갸우뚱한 채 멈춰 섰고, 급기야 내 옆에 조용히 자리를 잡더니 책을 다 읽을 때까지 귀를 기울이더군요. 다음 날 나는 또 그녀의 변한 모습에 놀랐습니다. 아마 본인도 도로테아처럼 침착하고 알뜰한 사람이 되기로 마음먹은 모양이었습니다. 한마디로 그녀는 내게 수수께끼 같았어요. 그녀는 과하게 민감하고 예민했지만 내가 그녀에게 화가 나 있을 때조차도 나를 매료시키는 매력이 있었습니다. 그리고 날이 갈수록 그녀가 가긴의 여동생이 아니라는 사실이 더욱 확실해졌어요. 그는 그녀를 오빠로서 대하지 않았습니다. 심하게 애정을 쏟고, 심하게 너그러웠달까요. 게다가 그녀와 함께 있을 때 약간 긴장을 하는 것 같기도 했습니다.

나의 의혹이 사실임을 확인시켜주는 이상한 일도 있었지요.

어느 날 저녁, 가긴이 살고 있는 포도밭에 도착했는데 문이 잠겨 있더군요. 왜 그런지 생각할 겨를도 없이 나는 곧장 전에 봐두었던 담장이 무너진 곳으로 가서 담장을 풀쩍 뛰어넘었습니다. 거기서 그리 멀지 않은 곳, 길에서 살짝 떨어진 곳에 아카시아 가지로 지붕을 얹은 작은 정자가 있었습니다. 그곳을 지나쳐 가려는데 놀랍게도 울먹이는 아샤의 목소리가 들리는 거예요.

"당신이 아닌 다른 사람은 사랑하고 싶지 않아요. 아니, 난 당신만 사랑하고 싶어요, 당신만 영원히!"

"진정해, 아샤, 내 말 좀 들어봐." 가긴이 말했습니다. "내가 널 믿는다는 거 너도 알잖아."

두 사람의 목소리가 정자에서 들려왔습니다. 듬성듬성한 나뭇가지 사이로 둘의 모습도 보였어요. 둘은 내가 있는지 몰랐고요.

"당신, 오로지 당신만!" 그녀는 그의 가슴팍에 매달려 발작하듯 흐느꼈고, 그에게 입을 맞추며 더 깊이 그의 품에 파고들려 했습니다.

"그만, 그만!" 그가 그녀의 머리카락을 가볍게 쓸어넘기며 말했습니다.

잠시 동안 꼼짝없이 그 모습을 지켜봐야 했던 나는… 고개를 저으며 정신을 차렸습니다. "저 둘에게 가봐야 하나? 아니, 안 되지!" 나는 성큼성큼 빠른 걸음으로 다시 담장으로 돌아와 담을 넘은 뒤, 거의 뛰다시피 집으로 돌아왔습니다. 나는 예기치 않게 나의 추측을 사실로 확인시켜준 사건과 맞닥뜨리게 되었고, 그 사실이 놀라워 두 손을 비비며 미소를 지었습니다. (물론 단 한순간도 나의 추측이 틀렸을 거라 의심한 적은 없었습니다.) 동시에 씁쓸한 기분도 들더군요. '나에게 잘도 숨겼군! 그런데 왜? 왜 나를 속이려 한 거지? 그가 이럴 줄은 상상도 못 했어…. 그럼 그 감동적인 맹세는 뭐람!'

7

끔찍한 밤을 보낸 나는 다음 날 아침 일어나자마자 배낭을 메고 나왔습니다. 주인아주머니에게는 저녁때까지 날 찾지 말라고 일러두고는 Z시를 흐르는 강을 거슬러서 산을 올랐지요. 그 산은 '훈스뤼크Hundsruck, 개의 등'라고 알려진 산맥을 품고 있었는데, 지질학적인 관점에서 매우 흥미로운 곳이었습니다. 특별히 주목할 만한 점은 무늬가 규칙적이고 깔끔한 현무암 지층이라는 것이었지만, 사실 나는 지질학 관측 같은 건 할 생각이 없었습니다. 나는 내 안에서 무슨 일이 벌어지고 있는지 제대로 알 수 없었지만, 한 가지 감정만은 꽤나 명확했습니다. 더 이상 가긴 남매를 보고 싶지 않다는 것이었죠. 나는 그들을 향한 이 갑작스러운 반감이 그들의 이중성에 대한 분노 때문이라고 확신했습니다. 도대체 그들은 왜 친척인 척한 걸까요? 어쨌든 나는 그들에 대한 생각을 떨쳐버리려 애썼습니다. 나는 내 마음대로 언덕과 계곡 이곳저곳을 돌아다니며, 여관에서 묵고, 그곳의 주인, 그리고 손님들과 평화롭게 대화를 나누었으며, 햇볕에 따뜻하게 데워진 납작한 바위에 누워 흘러가는 구름을 바라보기도 했습니다. 날씨가 기가 막히게 좋았거든요. 나는 소소한 즐거움을 느끼며 사흘을 보냈지만, 이따금 가슴이 찌릿하게 아파오는 걸 느꼈습니다. 이 지역의 평화롭고 자연스러운 풍경이 당시 내가 품고 있던 생각과 놀라울 정도로 잘 어울렸습니다.

나는 뜻밖의 감각, 그 순간의 인상에 전적으로 몰두했습니다. 그 감각들은 내 마음속을 조용히 흘러가다가, 나중에는 사흘 동안 내가 보고, 느끼고, 들었던 모든 것들(숲에서 풍기는 미묘한 송진 냄새, 딱따구리가 나무를 쪼고 우는 소리, 투명한 개울이 끊임없이 졸졸 흐르는 소리, 개울 모랫바닥의 얼룩덜룩한 송어, 부드럽게 물결치는 듯한 산의 모습, 칙칙한 색의 험준한 바위, 아기자기한 도시, 고색창연한 교회, 목초지의 황새, 물레방아가 바쁘게 돌아가는 방앗간, 도시 사람들의 친근한 얼굴, 그들이 입은 파란 작업복과 회색 스타킹, 느리게 삐거덕거리는 수레와 수레를 끄는 튼튼한 말 또는 소, 사과나무와 배나무가 줄지어 선 사이에 잘 정돈된 길, 그리고 그 길에서 만난 긴 머리의 젊은 순례자들…)이 하나로 합쳐졌습니다.

요즘에도 나는 그때의 기억을 회상하며 즐거워합니다. 잘 지내시나요, 독일 땅의 소박한 한구석, 소박한 것에 만족할 줄 알고 근면한 손길과 인내심, 서두르지 않는 노동의 흔적을 온몸에 품고 있는 사람들… 당신들에게 인사를 전합니다, 부디 평화롭기를!

나는 그렇게 꼬박 사흘을 보내고서야 숙소로 돌아왔습니다. 나는 가긴 남매에 대한 분노 때문에, 이제는 아무런 감정도 느껴지지 않는 미망인의 모습을 다시 떠올려보려 했지만 실패했습니다. 한번은 그녀를 회상하려는 순간, 다섯 살쯤 된 동그란 얼굴의 순진한 시골 소녀가 날 빤히 쳐다보고 있는 걸 발견한 적도 있습니다. 소녀는 어린아이다운 순박한 눈빛으로 나를 쳐다보았습니다…. 그녀의 순수한 시선에 나는 부끄러워졌고, 그 애가 보는 앞에서는 차마 거짓말을 할 수가 없었기에, 바로 그 순간부터 내 과거의 애정의 대상을 영영 떠나보냈습니다.

집에 도착하니 가긴의 쪽지가 나를 기다리고 있었어요. 그는 갑작스러운 나의 결정에 놀라움을 표현하며, 왜 자기를 데리고 가지 않았냐고 꾸짖더군요. 그리고 돌아오면 곧장 자기들을 만나러 오라고 했습니다. 나는 그 쪽지를 읽으며 불쾌해했지만, 다음 날 또 L시로 넘어갔지요.

8

가긴은 내게 애정 어린 비난을 쏟아내면서도 나를 다정하게 맞아주었습니다. 다만 아샤는 나를 보자마자 불쑥 웃음을 터트리더니, 평소처럼 달아나버렸습니다. 가긴은 당황해서는 아샤가 제정신이 아닌 것 같다며 내게 용서를 빌었습니다. 솔직히 나는 아샤에게 잔뜩 화가 나 있었습니다. 원래도 마음이 불편했는데 과장된 웃음과 기이한 행동을 보니 더 기분이 나빠졌지요. 하지만 나는 아무것도 모르는 척하면서 나의 짧은 여행 이야기를 가긴에게 전해주기 시작했습니다. 그 역시 내가 없는 동안 어떻게 지냈는지 말해주었고요. 하지만 대화는 길게 이어지지 못했습니다. 아샤는 방에 들어갔다가, 다시 뛰쳐나왔고요. 결국 나는 급히 할 일이 있다며 집에 갈 때가 된 것 같다고 말했습니다. 처음엔 가긴도 나를 붙잡는 듯하더니, 나를 가만히 쳐다보고는 이내 바래다주겠다고 말했습니다. 그때 아샤가 갑자기 현관에 나타나더니 내게 손을 내밀었습니다. 나는 그녀의 손끝을 가볍게 잡고는 살짝 고개를 숙여 인사를 했지요. 가긴과 나는 배를 타고 라인강을 건너 내가 제일 좋아하는 물푸레나무, 나뭇가지 뒤로 성모 마리아 조각상이 있는 그 나무를 지나 벤치에 앉아 풍경을 바라보았습니다. 그리고 우리 둘 사이에 놀랄 만한 대화가 이어졌습니다.

우리는 처음엔 잡다한 이야기를 몇 가지 주고받다가 다시 반짝이는 강을 보며 침묵에 잠겼습니다.

"말해보세요." 가긴이 여느 때와 같은 미소를 지으며 불쑥 물었습니다. "아샤에 대해 어떻게 생각하시나요? 다소 이상해보일 거라고 생각은 합니다만."

"아, 네." 난 꽤나 놀라서 대답했습니다. 그가 아샤에 대해 이야기할 줄은 몰랐거든요.

"그 애에 대해 판단하려면 먼저 그 애에 대해 잘 알아야 합니다." 그가 말했습니다. "그 애는 대단히 착한 마음씨를 가졌지만, 좀 이상한 구석이 있습니다. 잘 지내기 좀 힘든 아이지요. 하지만 그 애의 처지를 다 안다면 그 애를 비난할 수는 없을 겁니다…."

"처지요?" 내가 끼어들었습니다. "어쩐지 난 그녀가 당신의…."

가긴이 나를 흘깃 쳐다보았습니다.

"걔가 내 여동생이 아니라고 생각했다는 건가요? 오, 이런." 그는 내가 혼란스러워하는 걸 무시한 채 이야기를 이어갔다. "아샤는 내 여동생이 맞습니다. 내 아버지의 딸이지요. 그래요, 당신은 믿을 수 있는 사람이니까 모두 다 털어놓도록 하지요."

나의 아버지는 굉장히 친절하고 현명하며 교양 있는 사람이었지만 운이 없었습니다. 다른 사람들보다 유난히 가혹한 운명을 겪은 것은 아니었지만, 인생에서 처음 맞은 불행을 잘 견뎌내지 못했지요. 아버지는 젊은 나이에 사랑하는 아내, 나의 어머니와 결혼을 했습니다. 하지만 어머니는 결혼하고 얼마 안 되어, 그러니까 내가 태어나고 육 개월밖에 안 되었을 때 세상을 떠났습니다. 아버지는 나를 데리고 시골로 가서 꼬박 십이 년을 살았어요. 아버지는 내 공부까지 봐주셨지요. 아마 그의 형, 그러니까 나의 삼촌이 시골로 찾아오지 않았더라면 저와 아버지는 영영 헤어지지 않았을 겁니다. 삼촌은 페테르부르크에 살았고, 거기서 꽤나 중요한 직책을 맡고 있었습니다. 그런 삼촌이 나를 데려가 키우겠다고 아버지를 설득했습니다. 아버지가 끝까지 시골 생활을 포기하지 않을 것 같았기 때문이죠. 삼촌은 내 또래의 어린 사내아이가 이렇게 완전히 고립된 곳에서 사는 게 좋지 않다고 지적했습니다. 게다가 아버지처럼 음울하고 말 없는 스승 밑에서 있다 보면 또래 아이들보다 뒤처지게 될 것이고 성격도 나빠질 수 있다고 말했습니다. 아버지는 한동안 형의 요구를 거부했지만, 결국은 설득 당하고 말았습니다. 아버지를 떠날 때는 나도 많이 울었습니다. 아버지의 웃는 얼굴은 한 번도 보지 못했지만 나는 그를 사랑했으니까요. 하지만 페테르부르크에 가자마자 나는 어둡고 우울했던 집을 곧바로 잊어버렸습니다. 나는 장교 훈련 학교로 보내졌고, 그 후에는 곧바로 근위연대에 들어갔습니다. 나는 매년 일주

일에서 이주일 정도 시골에 내려가 있었는데, 해가 갈수록 아버지는 점점 더 우울해지고 더 내성적으로 변해갔습니다. 너무 명상을 많이 해서 수줍은 은둔자가 되어 버린 것 같았지요. 그는 매일 교회에 갔지만 말하는 법을 거의 잊은 듯했어요. 한번은 집에 갔더니(내가 스무 살을 넘겼을 때였습니다.) 이전까지는 본 적 없었던 열 살 정도 되는 검은 눈의 어린 소녀가 있었습니다. 그 애가 아샤였죠. 아버지는 고아를 데려다가 키우고 있다고 말했습니다. 정확히 그렇게 표현했지요. 난 아샤에게 별 관심이 없었어요. 그 애는 어린 동물처럼 부끄럼이 많고 날렵하고 조용했어요. 내가 아버지의 집에서 가장 좋아하는 방, 어머니가 돌아가신 곳이자 한낮에도 초를 켜야 할 정도로 넓고 어둑어둑한 방에 들어가면, 아샤는 곧장 높다란 안락의자나 책장 뒤에 숨어버리곤 했습니다. 그후로 삼사 년 정도는 군복무 때문에 집에 들르지 못했습니다. 매달 아버지가 간단한 편지를 보내주셨지만 편지엔 아샤에 대한 언급이 거의 없었고, 있더라도 건성으로 지나치듯 말하는 정도였습니다. 아버지는 당시 쉰이 넘었지만 여전히 젊은이처럼 보였습니다. 그러니 아무 생각 없이 집 관리인의 편지를 받았다가 내가 얼마나 놀랐을지 상상을 해보세요. 아버지가 위독하시니 돌아가시기 전에 그를 만나고 싶으면 최대한 빨리 집으로 와달라는 편지였으니 말입니다. 나는 앞뒤 가리지 않고 시골로 내려갔고 임종을 앞둔 아버지와 만났습니다. 그는 나를 보자 말로 다할 수 없을 정도로 기뻐했습니다. 그리고 쇠약해진 팔로 나를 감싸안더니, 무언가를 찾는 것 같기도 하고 애원하는 것 같기도 한 눈빛으로 내 눈을 한참 동안 들여다보았습니다. 그러더니 마지막 소원을 들어주겠다는 나의 약속을 받아낸 뒤에야, 늙은 하인에게 아샤를 데려오게 했습니다. 하인이 데려온 아샤는 제대로 서 있지도 못할 만큼 덜덜 떨고 있더군요.

"자." 아버지가 힘겹게 입을 열었습니다. "내 딸, 그러니까 네 여동생을 너에게 맡기마. 야코프가 다 알려줄 거다." 그가 늙은 하인을 가리키며 덧붙였습니다. 아샤는 울음을 터트리더니 침대에 얼굴을 묻었습니다…. 그렇게 삼십 분쯤 뒤 아버지는 마지막 숨을 거두셨습니다.

이렇게 된 이야기입니다. 아샤는 아버지의 딸이자 돌아가신 어머니의 하녀, 타티야나의 딸이었던 것입니다. 난 타티야나를 또렷하게 기억하고 있습니다. 큰 키에 늘씬한 몸매, 잘생기고 수수하며 영리한 얼굴, 커다랗고 까만 눈까지요. 그녀는 자존심이 강하고 접근하기 어려운 아가씨로 알려져 있었습니다. 야코프가 예의상 자세한 건 숨겨가며 해준 이야기로 추측하건대, 아버지는 어머니가 돌아가시고 몇 년 후 타티야나와 친해진 것 같았습니다. 타티야나는 당시 우리가 살던 아버지의 큰 집에 살지 않았고, 소를 돌보는 결혼한 누이의 집에 살고 있었지요.

아버지는 타티야나에게 몹시도 애착을 보였고, 내가 시골을 떠나자 그녀와 결혼하고 싶어 했습니다. 하지만 그녀는 아내가 되어 달라는 아버지의 간청을 수락하지 않았습니다.

"고인이 된 타티야나 바실리예브나는." 야코프가 문간에 서서 뒷짐을 진 채 내게 말했습니다. "굉장히 신중한 사람이었기에 아버님의 평판에 해를 끼치고 싶지 않았습니다. '내가 어떻게 당신의 아내가 되나요? 저는 우아한 숙녀가 아닌걸요.' 그녀는 이렇게 대답하곤 했습니다. 바로 제가 보는 앞에서 그렇게 말했어요." 타티야나는 우리 집으로 이사를 들어오지도 않은 채 아샤와 함께 누이의 집에 계속 살았습니다. 그래서 어릴 때도 '성인의날'에만 교회에서 타티야나를 볼 수 있었습니다. 그녀는 항상 사람들 사이에 섞인 채 창가에 서 있었습니다. 머리에는 짙은 색 스카프를 묶고 어깨에는 적갈색 숄을 두르고 있었지요. 깨끗한 창을 배경으로 그녀의 꾸밈없는 옆모습이 선명하게 드러났습니다. 온화하면서도 품위 있는 모습으로 사람들과 어울리고, 옛날식으로 허리를 깊이 숙여 인사하던 모습이 기억에 남습니다. 삼촌이 저를 데리고 갔을 때 겨우 두 살이던 아샤는 여덟 살 때 어머니를 잃고 말았습니다.

타티야나가 죽자마자 아버지는 아샤를 큰 집으로 데리고 왔습니다. 아버지는 전부터 아샤를 데려오고 싶은 마음을 표현했지만 역시나 타티야나가 허락하지 않았거든요. 이렇게 큰 집에 오게 된 아샤가 어떻게 지냈을지 상상해보십시오! 아샤는 태어나서 처음으로 실크 드레스를 입었던 순간, 그리고 하인들이 자신의 손에 입을 맞추던 순간을 지금까지도 잊지 못한다고 합니다. 그녀의 어머니는 그녀를 매우 엄격하게 키웠습니다. 하지만 아버지의 집에서는 완전한 자유를 만끽했지요. 아버지는 그녀의 선생님이었고, 유일한 동료였습니다. 아버지는 그녀를 응석받이로 키우지도 않았고 마냥 애지중지하지도 않았지만, 열정적으로 그녀를 사랑했으며 그녀가 좋아하는 일이라면 뭐든 허락했습니다. 마음속으로는 자신이 딸에게 못할 짓을 했다고 생각했거든요. 아샤는 이 집에서 가장 중요한 사람이 자신임을, 이 집의 주인이 자신의 아버지임을 바로 깨달았습니다. 하지만 자신의 처지가 뭔가 잘못되었다는 것도 바로 깨달았지요. 그녀는 과도한 자만심, 그리고 그에 못지않은 과도한 소심함을 키워갔습니다. 그녀에게 나쁜 습관이 뿌리내리면서 순박함은 사라졌습니다. 한번은 아샤가 내게 이런 말을 한 적도 있습니다. 온 세계가 자신의 출신에 대해서 잊어버리는 게 자신의 꿈이었던 때가 있었다고요. 그녀는 한때 자신의 어머니를 부끄러워했고, 그렇게 부끄러워하는 자신을 부끄러워하면서, 동시에 어머니를 자랑스러워했습니다.

그녀는 자기 나이에 어울리지 않는 것들을 숱하게 보고 들으며 자라왔습니다…. 하지만 그게 그 애의 잘못인가요? 그녀는 젊은 기운에 휩쓸렸고 그녀의 혈관엔 젊은 피가 끓고 있었지만, 그녀를 바르게 이끌어줄 사람이 단 한 명도 없었습니다. 모든 면에서 완전히 독립적이어야 했지요! 그건 결코 쉬운 일이 아니라고요! 그녀는 다른 젊은 아가씨들처럼 착해지기로 결심하고, 열심히 독서에 매진했습니다. 하지만 그런다고 무슨 좋은 결과가 나올 수 있을까요? 시작부터 옳지 않았던 그녀의 삶은 역시나 옳지 않은 방향으로 흘러갔습니다. 그럼에도 그녀의 마음은 타락하지 않았고, 그녀의 정신은 훼손되지 않았습니다.

그리하여 이렇게 이십대인 젊은 남자가 열세 살의 어린 소녀를 맡게 된 것입니다! 아버지가 돌아가신 후 처음 며칠 동안, 그 아이는 내 목소리만 들어도 벌벌 떨었고 내가 애정을 표시해도 뚱한 모습을 보였습니다. 그 애가 나에게 익숙해지기까지 시간이 좀 필요했던 것이지요. 역시나 시간이 지나, 내가 그녀를 여동생으로 여기고 오빠로서 애정이 있다는 걸 깨닫자, 그녀 역시 열정적으로 나를 좋아하게 되었습니다. 그녀의 감정에 중간은 없으니까요.

나는 페테르부르크에 아샤를 데리고 갔습니다. 그 애와 떨어지는 게 고통스러웠지만 그렇다고 늘 데리고 다니는 것도 불가능했기에, 나는 그 애를 최고의 기숙학교에 입학시켰습니다. 아샤도 우리가 헤어질 수밖에 없다는 걸 받아들였습니다. 거의 죽을 지경으로 몸이 아프기 시작했지만 기숙학교에 점차 적응하여 사년을 다녔지요. 하지만 나의 기대와는 달리 그녀의 모습은 거의 변함이 없었습니다. 교장은 늘 그녀에 대해 불평했어요. "벌을 줘 봐야 소용이 없어요." 교장이 말했습니다. "그렇다고 애정을 쏟아도 반응이 없고요." 아샤는 굉장히 영리하고 완벽하며 성적도 최고인 학생이었지만, 어떤 것도 그녀를 순응하게 만들지는 못했습니다. 그 애는 고집이 세고 늘 뚱한 아이였거든요… 난 그 애를 나무랄 수가 없었어요. 그녀의 입장에서는 잔뜩 움츠러들거나 반항하는 수밖에 달리 도리가 없었으니까요. 그녀는 그 많은 아이들 중에서도 가난하고 평범하며 학대받는 아이들만 친구로 사귀었습니다. 같이 생활하는 어린 아가씨들 대부분은 좋은 집안 출신이었고 아샤를 좋아하지 않았습니다. 그들은 최선을 다해 그녀를 모욕하고 상처를 주었지요. 하지만 아샤도 그들에게 결코 지지 않았습니다. 한번은 신학 수업 시간에 선생님이 악덕에 대해 이야기를 하자, 아샤가 큰 소리로 말했죠. "아부와 비겁함이 최악의 악덕입니다." 한마디로 그녀는 계속 자기 방식대로 살았습니다. 그나마 좀 나아진 것이 있다면 예의인데, 그마저도 그리 대단한 진전을 보이진 않은 것 같습니다.

마침내 아샤의 열일곱 번째 생일이 다가왔고, 그녀는 더 이상 기숙학교에서 지낼 수가 없었습니다. 나로서는 상당히 힘든 상황이었지요. 그러던 중 갑자기 좋은 생각이 떠올랐습니다. 하던 일을 그만두고 일이 년 정도 아샤와 외국에 나가는 게 어떨까 했던 것이지요. 나는 이 아이디어를 떠올리자마자 곧바로 실행시켰고, 그 결과 이렇게 아샤와 내가 라인강변에 머물게 된 것입니다. 여기서 나는 그림에 몰두하려 하고 있고, 아샤는… 여전히 별나고 기이하게 지내고 있습니다. 그러니 부디 당신도 그녀를 더욱 관대하게 판단해주기를 바랍니다. 아무리 아닌 척해도 그녀는 다른 사람의 의견, 특히 당신의 의견에 관심이 많거든요.

그렇게 가긴은 평소처럼 조용히 미소를 지었습니다. 나는 그의 손을 꽉 잡았지요.

"그렇게 된 이야기입니다." 그가 다시 본론으로 돌아갔습니다. "하지만 나도 그 애 때문에 힘든 시간을 보내고 있습니다. 워낙 폭탄 같은 아이니까요. 지금까지는 그 누구에게도 빠진 적이 없지만 그 애가 사랑에 빠지기라도 하면 큰일입니다! 때론 그 애가 어떻게 될지 저도 궁금합니다. 며칠 전에는 도대체 무슨 생각을 한 건지, 처음엔 내가 자기를 차갑게 대한다고 뭐라 하더니, 곧 나 말고는 아무도 사랑하지 않는다고, 평생을 다른 사람은 사랑하지 않을 거라고 하면서… 울음을 터트리더라고요…"

"아, 그래서…" 난 말을 꺼내다 말고 급히 입단속을 했습니다.

"말해보세요." 내가 물었습니다. (우린 꽤나 솔직하게 대화를 나누고 있었으니까요.) "그럼 그녀가 지금까지 좋아할 만한 사람을 찾지 못했다는 게 사실인가요? 페테르부르크에서 다른 청년들을 만나봤을 텐데요."

"그녀는 그들을 조금도 좋아하지 않았어요, 아무도요. 아샤에겐 영웅이나 대단한 사람이 필요한 게 분명합니다. 아니면 산에 사는 개성 넘치는 목동이거나요. 이런, 제가 너무 말을 많이 했네요." 그가 자리에서 일어나며 말했습니다.

"보세요." 내가 말했습니다. "당신 집으로 같이 가시죠. 내 집으로 돌아가고 싶지 않네요."

"할 일이 있으시다더니?"

나는 대답하지 않았습니다. 가긴은 기분 좋게 미소를 지었고 우리는 함께 L시로 돌아갔습니다. 익숙한 포도밭과 언덕 꼭대기의 하얀 집을 보니 뭔가 달콤한 감정이 느껴졌어요. 그래요, 내 가슴에 꿀이 흘러넘치기라도 하듯 달콤함이 느껴졌단 말입니다. 가긴의 이야기를 듣고 나니 내 기분은 한결 나아졌습니다.

9

아샤가 문 앞에서 우리를 맞아주었습니다. 나는 그녀가 또 갑자기 웃음을 터트리지는 않을까 생각했지만, 오히려 눈을 내리깐 채 창백한 얼굴로 조용히 다가왔습니다.

"다시 오셨어." 가긴이 말했습니다. "이번에는 직접 오겠다고 하신 거야, 알아둬."

아샤는 수상하다는 듯한 눈빛으로 나를 쳐다보았습니다. 나는 그녀에게 손을 내밀었어요. 그리고 이번엔 그녀의 차가운 손가락을 꽉 잡았지요. 나는 그녀가 몹시 안쓰러웠습니다. 이전에 날 당황시켰던 행동들이 이제야 이해가 됐습니다. 잠시도 가만히 있지 못했던 것, 경우에 맞는 행동을 하지 못했던 것, 뭔가 과시하려고 했던 것들이 모두 명백해졌습니다. 나는 그녀의 영혼을 들여다보았습니다. 비밀스러운 욕구가 그녀를 끊임없이 몰아붙였고, 미숙한 자만심이 그녀를 불안하게 만들었지만, 그녀는 진실된 모습을 보여주기 위해 고군분투했던 것입니다. 나는 내가 무엇 때문에 이 낯선 소녀에게 끌렸던 것인지 깨달았습니다. 나의 마음을 끈 것은 그녀의 날씬한 몸매에서 풍기는 야생적인 매력 때문만이 아니었습니다. 내가 사랑한 건 그녀의 영혼이었어요.

가긴은 자신의 그림을 뒤지기 시작했습니다. 그사이 나는 아샤에게 포도밭을 산책하자고 제안했지요. 그녀는 명랑하게, 마치 기다렸다는 듯이 단번에 나의 제안을 수락했습니다. 비탈을 반쯤 내려간 우리는 널따란 바위 위에 앉았습니다.

"우리가 조금이라도 그리웠나요?" 아샤가 말을 꺼냈습니다.

"그럼, 두 사람은 내가 그리웠나요?" 내가 반문했지요.

아샤는 곁눈질로 나를 슬쩍 쳐다보았습니다.

"네." 아샤는 이렇게 대답하고 곧바로 이야기를 이어갔습니다. "산에선 즐거우셨나요? 산이 많이 높았어요? 구름보다 더요? 뭘 봤는지 이야기해줘요. 오빠에게는 말씀하신 것 같지만 저는 하나도 못 들었거든요."

"당신이 사라졌잖아요." 내가 말했습니다.

"내가 사라진 건… 그건… 하지만 지금은 아무 데도 안 갈 거예요." 그녀가 믿음직한 표정으로 덧붙였습니다. "오늘 기분이 언짢으시잖아요, 그렇죠?"

"내가 언짢다고요?"

"네, 맞아요!"

"도대체 내가 왜 언짢다는 거죠?"

"그건 저도 모르죠. 하지만 올 때부터 기분이 안 좋아 보였고, 기분이 안 좋은 채로 가버렸잖아요. 그렇게 가버려서 유감이었지만, 이렇게 다시 와서 너무 기뻐요."

"나도 다시 와서 기분이 좋아요." 내가 말했습니다.

아샤는 어린아이들이 간혹 기분 좋을 때 하는 것처럼 어깨를 으쓱했습니다.

"아, 저는 사람들 기분이 어떤지 알아보는 능력이 있어요." 그녀가 말했습니다. "아버지가 옆방에서 기침하는 소리만 들어도 지금 내가 아버지 마음에 드는지 아닌지 알 수 있었답니다."

그때까지 아샤는 자기 아버지 이야기를 한 번도 한 적이 없었습니다. 그래서 지금 하는 이야기가 상당히 인상 깊었지요.

"당신은 아버지를 사랑했나요?" 질문을 하고 보니 실수한 것 같아 갑작스레 얼굴이 화끈거렸습니다.

그녀는 대답을 하지 않았지만 역시나 얼굴을 붉혔습니다. 우리는 그냥 조용히 있었어요. 저 멀리 라인강 위로 증기선 한 척이 연기를 뿜으며 빠르게 지나가더군요. 우린 그걸 지켜보았습니다.

"왜 산 이야기는 안 해주시는 거예요?" 아샤가 속삭였습니다.

"오늘은 왜 나를 보자마자 웃음을 터트린 거죠?" 내가 물었습니다.

"저도 저를 잘 모르겠어요. 가끔은 정말 울고 싶을 때도 웃음이 나와요. 저의… 행동으로 저를 판단해서는 안 돼요. 오, 그건 그렇고, 로렐라이의 전설은 정말 멋진 것 같아요. 저기 저게 로렐

짝사랑 **167**

라이의 바위잖아요, 그렇죠? 처음엔 지나가는 사람 모두를 물에 빠트렸지만, 정작 자신이 사랑에 빠지자 스스로 물에 몸을 던졌다지요. 저는 그 이야기가 마음에 들어요. 루이제 부인은 온갖 종류의 이야기를 다 들려주신답니다. 그 집에는 노란 눈을 가진 까만 고양이도 있어요…."

아샤가 고개를 들어 까만 곱슬머리를 뒤로 넘겼습니다.

"아, 정말 행복해요!" 그녀가 말했어요.

그 순간 단조롭게 뚝뚝 끊어지는 소리가 들려왔습니다. 수백 명이 일정한 간격으로 종교적인 구호를 외치고 있었습니다. 순례자들 무리가 십자가와 깃발을 들고서 길을 따라 이동하고 있었던 것입니다.

"저 사람들이랑 같이 가고 싶어요." 아샤가 멀어져 가는 소리에 귀를 기울이며 말했습니다.

"왜요, 그 정도로 독실한 사람이었나요?"

"그냥 어딘가 멀리, 멀리 가서 기도도 드리고 힘든 위업을 달성해보고 싶어요." 그녀가 계속 말했습니다. "이렇게 세월이 흐르고 삶은 계속 이어지는데 우린 뭘 이루었나 싶어요."

"야심 찬 사람이군요." 내가 말했습니다. "삶이 헛되이 흘러가지 않기를 바라나봅니다. 무언가 발자취를 남기고 싶어 하고요…."

"불가능할 거라고 생각하시나요?"

나의 입술은 '불가능'이라는 말을 꺼내기 일보직전이었지만… 그녀의 빛나는 눈을 들여다보자 이렇게 말할 수밖에 없었습니다. "노력해보시죠."

"말해주세요." 짧은 침묵 후에 아샤가 다시 말했습니다. 그 사이 다시 창백해진 그녀의 얼굴에 그림자가 드리워졌습니다. "그 여자를 많이 좋아했나요? 처음 만났던 그 다음 날, 성터에서 오빠가 그 사람을 위해 건배도 했잖아요."

나는 웃음을 터트렸습니다.

"오빠가 장난한 거예요. 저는 그 어떤 여자도 심각하게 좋아한 적이 없어요. 어쨌든 지금도 좋아하는 사람은 없고요."

"그럼 여자의 어떤 점을 좋아하세요?" 아샤가 머리를 뒤로 젖히며 물었습니다. 순전히 호기심에서 하는 질문 같았지요.

"정말 재미있는 질문이군요!" 내가 외쳤습니다.

아샤는 살짝 당황한 것 같았어요.

"이런 질문을 해서는 안 되는 거였네요, 그렇죠? 죄송해요, 머리에 뭔가 떠오르면 불쑥 말해버리는 버릇이 있어서요. 그래서 말을 하는 게 무서울 정도랍니다."

"아무쪼록 그냥 말해버리세요, 두려워하지 말고." 내가 말했습니다. "저는 당신이 드디어 수줍음을 극복한 것 같아 기분이 좋거든요."

아샤가 눈을 내리깔고는 조용히 살짝 웃어 보였습니다. 이렇게 웃는 모습은 또 처음이었습니다.

"계속 이야기해주세요." 그녀는 오랫동안 앉아 있을 작정을 한 듯 치마를 매만지며 부탁했습니다. "이야기를 해도 좋고 뭔가 낭독해줘도 좋아요. 전에 푸시킨을 읽어줬던 것처럼 말이에요…"
그녀는 말을 멈추고, 낮은 목소리로 이렇게 속삭였습니다.

가엾은 내 어머니의 무덤 위
십자가와 나뭇가지 그늘은 어디로 간 것일까!

"푸시킨은 그렇게 쓰지 않았어요." 내가 말했습니다.
"저는 타티야나가 되고 싶었어요." 아샤는 깊은 생각에 잠긴 채 말했습니다. "하지만 계속해주세요!" 그녀가 갑작스레 활기를 보이며 소리쳤지요.
하지만 저는 이야기를 할 기분이 아니었습니다. 그저 햇빛을 받아 빛나고 있는 평온하고 순진한 그녀의 모습을 바라보았습니다. 우리 주변의 모든 것이 빛나고 있었어요. 우리 위에 있는 하늘도, 아래에 있는 땅과 물도 모두 말이죠. 공기마저도 환한 빛에 흠뻑 젖어 있는 것 같았습니다.
"보세요, 모든 게 너무나 아름다워요." 나도 모르게 낮은 목소리로 말했습니다.
"아름답네요." 그녀 역시 목소리를 낮춘 채 나를 쳐다보지도 않고 대답했어요. "우리가 새라면 높이 날아올랐겠죠… 저 파란 하늘에 몸을 던졌겠죠… 하지만 우리는 새가 아닌걸요."
"날개가 자라날 수도 있어요." 내가 말했습니다.
"어떻게요?"

"살다보면 알게 될 거예요. 우리를 땅 위로 끌어올려 주는 감정들이란 게 있잖아요. 걱정하지 마세요, 당신도 언젠가 날개를 갖게 될 거니까요."

"당신은 날개를 가져본 적이 있나요?"

"음, 뭐라 말하기 어렵지만… 아직 날아본 적은 없는 것 같네요."

아샤는 다시 조용해졌습니다. 나는 그녀에게 살짝 몸을 숙였습니다.

"왈츠를 출 줄 아시나요?" 그녀가 불쑥 물었어요.

"네, 알아요." 살짝 당황한 내가 대답했습니다.

"그럼 어서 같이 가요! 오빠에게 왈츠를 연주해달라고 해야겠어요… 그럼 같이 나는 척을 하면 돼요. 날개가 있는 척하는 거예요."

그녀는 집으로 달려갔습니다. 나는 그녀를 쫓아갔고요. 잠시 후 우리는 달콤한 라너 왈츠 소리에 맞춰 비좁은 응접실 안을 빙글빙글 돌고 있었습니다. 아샤는 열심히, 그리고 아름답게 왈츠를 췄습니다. 그녀의 순결하고 엄숙한 외모에서 뭔가 부드럽고 여성스러운 느낌이 흘러나왔습니다. 나의 손은 그녀의 가느다란 허리의 감촉을 오랫동안 떨치지 못했습니다. 그리고 가까이에서 가쁜 숨을 내쉬던 그 소리, 풍성한 곱슬머리와 거기에 대비되는 창백한 얼굴에 반쯤 감긴 짙고 고요한 눈도 한참 후에야 잊을 수 있었습니다.

10

그날 하루는 너무나 행복하게 흘러갔습니다. 우리는 아이들처럼 신나게 떠들었지요. 아샤는 굉장히 다정하고 또 천진난만했습니다. 가긴은 그런 아샤의 모습을 보고 즐거워했고요. 상당히 늦은 시간에 나는 그들의 집을 떠났습니다. 배가 강 한가운데쯤 왔을 때 나는 뱃사공에게 배가 물살에 그냥 떠내려가게 두면 안 되냐고 물었습니다. 늙은 뱃사공이 노 젓기를 멈추자, 위엄 넘치는 강이 우리를 품에 안았습니다. 나는 주위를 돌아보며 주변 소리에 귀를 기울여 기억을 더듬다가, 갑작스레 마음속 깊은 곳에서 비밀스러운 불안을 느끼고 말았습니다…. 나는 고개를 들어 하늘을 바라보았지만 별이 촘촘히 박힌 하늘에서도 평화를 찾아볼 수는 없었습니다. 하늘도 끊임없이 움직이며 고동치고 있었거든요. 나는 물을 내려다보았습니다…. 하지만 이 어둡고 차갑고 깊은 물 안에서도 별들은 희미하게 빛나며 떨리고 있었습니다. 나는 주변 모든 것에서 쉼 없는 불안을 느꼈고, 그 불안은 내 속에서 커져갔습니다. 나는 배 가장자리에 몸을 기댔습니다…. 귓가에 속삭이는 산들바람, 배의 뒷부분을 지나가는 꼬륵꼬륵 물소리가 나를 괴롭히고 동요시켰습니다. 파도 위로 떠오르는 선선한 공기도 나를 진정시켜주지는 못했습니다. 물가에서 들려오는 나이팅게일의 노랫소리가 달콤한 독이 되어 내 안에 스며들었습니다. 눈물이 차올랐지만 모호한 황홀감의 눈물은 아니었습니다. 지금 내가 느끼는 것은 더 이상 막연한 욕망의 감정이 아니었습니다. 영혼을 확장시키고, 노래하게 하고, 모든 창조물에 사랑과 이해가 있다고 느끼게 하는 그런 감각이 아니었다고요…. 오히려 그것은 나를 사로잡고 있는 행복에 대한 갈망이었습니다. 아직 거기에 이름을 붙이려는 모험을 하지는 않았지만, 내가 갈망하는 것은 행복, 넘치는 행복이었습니다…. 그렇게 배는 둥둥 떠서 흘러갔고, 늙은 뱃사공은 꿈을 꾸는 듯 노에 기대어 몸을 숙였습니다.

11

다음 날 가긴의 집으로 가면서도 내가 아샤와 사랑에 빠진 것인지 스스로에게 묻지 않았습니다. 하지만 그녀에 대해 많이 생각했고, 그녀의 운명에 열정적으로 관심을 가졌으며, 마침내 서로가 서로에게 가까워진 것에 기뻐하고 있었습니다. 비로소 어제부터 그녀를 제대로 알기 시작한 것 같은 느낌이 들었습니다. 어제까지는 그녀가 계속 나를 피했으니까요. 마침내 그녀가 내게 마음을 열자, 내가 생각하는 그녀의 이미지에 매혹적인 빛이 비추는 것 같았습니다. 그 이미지는 너무나 새로웠지요. 그 깊은 곳에 은밀하고 수줍은 매력이 얼마나 많이 숨어 있을는지요!

나는 익숙한 길을 힘차게 걸어 올라갔습니다. 저 멀리 하얀 점처럼 집의 모습이 나타난 그 순간부터 집에서 눈을 떼지 않은 채 말입니다. 미래는커녕 당장 내일도 생각하지 않았습니다. 나는 그저 완벽하게 만족스러운 상태였습니다.

내가 방으로 들어가자 아샤가 얼굴을 붉혔습니다. 나는 그녀가 다시 말끔하게 옷을 차려입었다는 걸 눈치챘지만, 그녀의 표정은 옷차림과 어울리지 않게 우울해 보였습니다. 나는 이렇게 기분이 좋은데 말입니다! 평소처럼 도망을 치려다가 꿋꿋하게 참고 남아 있는 것 같기도 했습니다. 가긴은 아마추어 예술가들에게 갑자기 찾아오는 광분한 예술가의 발작적인 황홀경 상태 같은 것에 빠져 있었습니다. 자신이 고안해낸 것에 스스로 반해버린, 그들 말로 '자연의 꼬리를 잡았다'고 표현하는 상태가 된 것이지요. 부스스한 상태로 물감 얼룩을 뒤집어쓴 채 캔버스 앞에 서 있던 그는 내게 사나운 모습으로 고개를 끄덕이더니, 과장된 동작으로 캔버스에 붓을 크게 휘둘렀습니다. 그리고 다시 한 발 물러나 눈을 가늘게 뜨더니만 한 번 더 그림에 몸을 던졌습니다. 나는 그를 방해하지 않으려고 아샤 옆에 앉았습니다. 아샤의 까만 눈이 천천히 나를 향했습니다.

"당신은 어제와는 또 다른 것 같네요." 그녀의 입가에 미소를 불러오고 싶었지만 실패한 내가 말했습니다.

"아니, 그렇지 않은데요." 그녀가 힘없는 목소리로 대꾸했습니다. "사실 별일 아니에요. 잠을 잘 못 자서 그래요. 밤새 생각을 하느라 뜬눈으로 지새웠거든요."

"무슨 생각이요?"

"음, 이것저것 모두요. 어릴 때부터 제 습관이었어요. 어머니랑 같이 살 때부터…."

그녀는 마지막 말을 힘겹게 내뱉고는 억지로 한 번 더 되풀이했다.

"어머니랑 같이 살 때부터… 왜 사람은 앞으로 일어날 일을 알지 못하는 건지 궁금해했어요. 왜 불운이 닥치는 걸 보고도 막을 수가 없는지, 왜 모든 진실을 알 수는 없는 것인지… 그러다 혼자 생각했죠. 나는 아무것도 모른다, 그러니 공부를 해야 한다, 모든 걸 처음부터 다시 배워야 한다. 저는 제대로 교육을 받지 못했거든요. 피아노도 칠 줄 모르고, 그림도 그릴 줄 모르고, 심지어 바느질도 제대로 할 줄 몰라요. 아무런 재능이 없으니 사람도 잘 사귀지 못하는 게 분명해요."

"스스로에게 공정하지 못하군요." 내가 말했습니다. "당신은 책도 많이 읽고, 교육도 잘 받았고, 머리 쓰는 걸 봐도…."

"제가 영리하다고 생각하시나요?" 그녀가 너무 천진난만하게 물어보는 바람에 나도 모르게 웃음이 나왔지만, 그녀는 미소조차 짓지 않았습니다. "오빠, 내가 영리한가요?" 그녀가 가긴에게 다가가며 질문했습니다.

그는 대답하지 않았습니다. 그는 끊임없이 붓을 바꿔 쥐고 손을 높이 들기도 하면서 그림에만 몰두했습니다.

"가끔은 내 머릿속에 뭐가 있는 건지 나 자신도 모르겠어요."

아샤가 깊은 생각에 잠긴 얼굴로 말을 이어갔습니다. "가끔은 나 자신이 두려워요, 정말로요! 혹시… 여자는 책을 많이 읽으면 안 된다는 게 사실인가요?"

"물론 너무 많이 읽을 필요는 없지만…."

"저는 뭘 읽어야 하는지 말해주세요. 저는 뭘 해야 하는지 말해주세요. 말해주신 건 전부 다 할게요." 그녀가 순진한 자신감에 찬 모습으로 나를 돌아보았습니다.

나는 순간 뭐라고 대답해야 할지 몰랐어요.

"저랑 같이 있어서 지루하신 거 아니죠?"

"당연히 아니죠…."

"오, 감사해요, 감사해요!" 그녀가 외쳤습니다. "혹시나 지루하실까 봐 걱정했어요."

그러더니 그녀가 작고 뜨거운 손으로 내 손을 꽉 잡았습니다.

"N씨!" 바로 그때 가긴이 외쳤습니다. "배경 색이 너무 어둡다고 생각하지 않나요?"

나는 그에게 다가갔습니다. 그러자 아샤는 일어나서 방을 나갔습니다.

12

한 시간 후에 돌아온 그녀가 문 앞에 서서 내게 손짓을 했습니다.

"말해보세요." 그녀가 말했습니다. "제가 죽으면 안타까워할 건가요?"

"도대체 오늘 왜 자꾸 이상한 소리를 하는 건가요!"

"곧 죽을 것 같다는 생각이 자꾸만 들어요. 가끔은 모든 사람이 내게 작별 인사를 하는 것처럼 보이기도 해요. 이렇게 사느니 죽는 게 낫죠… 그런 얼굴로 날 보지 마세요. 괜한 말 하는 거 아니에요, 진심이에요! 날 그런 식으로 쳐다보면 나는 당신이 다시 무서워질 거라고요!"

"나를 무서워했나요?"

"내가 괴상한 게 내 잘못은 아니잖아요! 보세요, 난 이제 더 이상 웃지도 못한다고요…."

그녀는 하루 종일 무언가에 몰두한 듯 슬픔에 잠긴 모습이었습니다. 나는 이해하지 못하는 어떤 일이 그녀 안에서 일어나고 있는 모양이었습니다. 그녀의 시선은 자주 내게 머물렀습니다. 그 수수께끼 같은 시선이 나를 향할 때마다 나의 심장은 살짝 쪼그라드는 느낌이었습니다. 그녀는 굉장히 침착해 보였지만 나는 계속해서 그녀에게 불안해하지 말라고 애원하고 싶은 충동을 느꼈습니다. 우유부단하고 느릿한 몸동작, 그리고 창백해진 그녀의 얼굴을 바라보니 어쩐지 애처로운 매력이 느껴졌습니다. 게다가 어떤 이유에서인지 그녀는 내가 울적해한다는 결론을 내린 것 같았습니다.

"그거 아세요?" 헤어지기 직전 그녀가 말했습니다. "당신이 나를 경박하다고 생각할까 봐 자꾸 걱정이 돼요… 내가 하는 말은 다 믿어주겠다고 약속하세요. 그리고 당신도 내게 솔직해야만 해요. 그러면 나도 당신에게 진실을 말할게요, 정말로 그럴게요…."

그녀의 '정말로'에 나는 또 웃음이 났습니다.

"웃지 말아요!" 그녀가 버럭 소리쳤습니다. "자꾸 웃으면 당신이 어제 내게 했던 말을 내가 당신에게 물어볼 거예요. '왜 웃는 거죠?'" 그녀가 잠시 침묵했다가 덧붙였습니다. "어제 날개에 대해 했던 말 기억하세요? 날개가 자라났는데 날아갈 곳이 없네요…."

"이런, 아니에요!" 내가 말했습니다. "온 세상이 당신을 향해 열려 있다고요…."

아샤는 내 눈을 똑바로 쳐다보았습니다.

"오늘 나에게 불만이 있으시군요." 그녀가 얼굴을 찌푸리며 말했습니다.

"제가요? 당신에게 불만이 있다고요?"

"둘 다 왜 그렇게 침울한 거죠?" 가긴이 내게 다가오며 아샤와의 대화에 끼어들었습니다. "어제처럼 왈츠라도 연주해줄까요?"

"아니, 아니!" 아샤가 두 주먹을 불끈 쥐고 소리쳤습니다. "오늘은 아니에요, 오늘은 무슨 일이 있어도 왈츠는 안 춰요…."

"추라고 강요한 건 아니야, 너무 흥분하지 마…."

"절대 안 춘다고요!" 그녀가 창백해진 얼굴로 이 말을 되풀이했습니다.

"그녀는 정말 나를 사랑하는 걸까?" 빠르게 흘러가는 라인강을 향해 걸어가며 나는 궁금해했습니다.

13

"그녀는 정말 나를 사랑하는 걸까?" 다음 날 눈을 뜨자마자 나 자신에게 물었습니다. 나는 내 마음을 들여다볼 필요가 없었습니다. 그녀의 모습, '가장된 웃음을 짓는 소녀'의 모습이 내 심장에 깊이 새겨져, 오히려 이걸 없애는 게 쉽지 않을 것 같다고 느껴졌거든요. 나는 L시로 가서 하루 종일 머물렀지만, 아샤는 잠깐밖에 보지 못했습니다. 몸이 좋지 않고 머리가 아팠기 때문입니다. 그녀는 머리에 붕대를 두른 채 아래층에 잠깐 내려왔습니다. 창백하고 여윈 모습에다 눈도 제대로 뜨지 못하더군요. 그녀가 희미하게 웃으며 말했습니다. "이러다 말 거예요. 별일 아니랍니다. 뭐든 지나가는 거잖아요, 안 그래요?" 그녀는 그렇게 자리를 떴습니다. 나는 일종의 공허한 우울감이 뒤섞인 실의에 빠졌습니다. 하지만 그곳을 떠날 수가 없어서 밤늦게서야 집으로 돌아왔습니다. 더는 그녀를 보지 못한 채 말입니다.

다음 날 아침은 일종의 무아지경 상태로 지나갔습니다. 일을 좀 하려 했지만 하지 못했지요. 나는 아무것도 하지 않으려, 아무 생각도 하지 않으려 애썼습니다…. 하지만 이마저도 소용이 없었습니다. 나는 도시를 배회하다 다시 집으로 돌아왔고, 다시 밖으로 나갔습니다.

"당신이 N씨인가요?" 갑자기 어린 아이의 목소리가 들렸습니다. 주위를 둘러보니 어린 소년이 앞에 서 있었습니다. "안네트 씨가 보내신 거예요." 소년이 내게 쪽지를 건네며 말했습니다.

쪽지를 펼치자 아샤의 빠르고 불규칙한 손글씨가 보였습니다. "당신을 꼭 봐야겠어요. 오늘 네 시, 성터 근처 길가에 있는 석조 예배당으로 나오세요. 오늘 제가 몹시 경솔한 짓을 한 것 같아요… 부디, 와주세요, 모든 걸 알게 되실 거예요… 소년에게 '알겠다'고 전해주세요."

"뭐라고 대답하실 건가요?" 소년이 물었습니다.

"'알겠다'고 전해드려." 내가 이렇게 말하자 소년이 달려갔습니다.

14

방으로 돌아온 나는 자리에 앉자마자 생각에 몸을 맡겼습니다. 내 심장은 거칠게 뛰고 있었지요. 나는 아샤의 쪽지를 거듭 읽었어요. 그리고 시계를 보았더니 아직 열두 시밖에 되지 않았더군요.

문이 열리고 가긴이 들어왔습니다.

그의 얼굴이 침울해 보였어요. 그는 내 손을 잡고 꽉 힘을 주었습니다. 뭔가 심하게 망설이는 듯했습니다.

"무슨 일이죠?" 내가 물었습니다.

그는 의자를 옮겨서 내 맞은편에 앉았습니다. "나흘 전에 말이죠." 그가 살짝 떨리는 목소리로 억지웃음을 지으며 말했습니다. "내가 당신을 놀라게 만든 이야기를 했었지요. 하지만 오늘 할 이야기는 더 놀라울 겁니다. 당신이 아니라 다른 사람이라면 솔직하게 말할 자신도 없어요. 하지만 당신은 신사고, 내 친구잖아요, 그렇죠? 그러니 내 말을 들어보세요. 내 여동생, 아샤가 당신과 사랑에 빠졌습니다."

난 화들짝 놀라 의자에서 반쯤 일어섰습니다….

"그러니까, 당신 여동생이…."

"네, 맞습니다." 그가 끼어들었습니다. "그 애가 제정신이 아닙니다, 정말이에요. 게다가 나까지 미치게 만들려 합니다. 하지만 다행히 그 애는 거짓말을 할 줄 모르고 나를 신뢰하지요. 녀석의 마음이 얼마나 대단한지요! 하지만 그녀는 스스로를 망치려 할 겁니다. 그럴 녀석이라는 걸 제가 알고 있어요…."

"착각하고 계시는 거 아닐까요?" 내가 말했습니다.

"전혀 아닙니다. 당신도 알다시피 어제 그 아이는 거의 하루 종일 아무것도 먹지 않은 채 몸져누워 있었습니다. 하지만 불평을 하지 않았어요… 그 애는 불평을 하지 않아요. 저녁쯤 되었을 때 약간 열이 나는 것 같았지만 그때까지도 난 걱정을 하지 않았습니다. 그러다 새벽 두 시에 주인아주머니가 날 깨우더군요. '동생에게 가봐요, 상태가 안 좋아요.'라고 하면서요. 서둘러 아샤에게 가보았더니 애가 열이 나서 옷도 제대로 갈아입지 못하고 눈물을 흘리고 있더군요. 이가 딱딱 맞부딪치는 소리가 나고 이마는 펄펄 끓고 있었습니다. '무슨 일이야?' 내가 물었습니다. '아프니?' 그러자 그 애가 내 목을 와락 감싸안더니 자기가 죽는 꼴을 보고 싶지 않으면 가능한 한 빨리 어디론가 자기를 데려가달라고 간청하더군요… 난 무슨 말인지 이해가 되지 않아 그 애를 달래려 했습니다…. 그 애의 흐느낌이 훨씬 더 격렬해지더니… 그 애가 갑자기 울다 말고… 한마디로, 당신과 사랑에 빠졌다고 말하더군요. 당신이나 나처럼 이성적인 사람은 전혀 모를 거라고 확신합니다. 그녀의 감정이 얼마나 깊은지, 그녀가 이 감정을 얼마나 격렬한 형태로 표현하는지 말이에요. 그녀의 감정은 마치 폭풍우처럼 갑작스럽게, 저항할 수도 없게끔 그녀를 압도했습니다. 물론 당신이 매우 매력적인 사람이라는 걸 나도 압니다." 가긴이 이야기를 이어갔습니다. "하지만 그 애가 왜 이런 식으로 당신에게 빠진 건지는 저도 모르겠습니다. 그 애 말로는 당신에게 첫눈에 반했다더군요. 그래서 저번 날 자신은 나 말고 다른 사람은 아무도 사랑하지 않겠다고 내게 확언했던 겁니다. 아샤는 당신이 그녀를 경멸한다고 알고 있습니다. 또 당신이 그녀에 대해 모든 걸 알고 있다고 생각하더군요. 그래서 나더러 자기 이야기를 다 해주었냐고 묻기도 했어요. 나는 당연히 그러지 않았다고 했지요. 하지만 그녀의 직관은 무시무시합니다. 그 애는 오로지 한 가지만 원하고 있어요. 지금 바로 당장 어딘가로 떠나는 것 말이죠. 나는 아침까지 그 애 곁에 앉아 있었습니다. 아샤는 내일이 오기 전에 여길 떠나겠다는 나의 확답을 받고 나서야 겨우 잠이 들었습니다. 난 고민, 또 고민하다가 당신에게 이야기를 하기로 결심했습니다. 난 아샤가 맞다고 생각해요. 지금으로서 최선은 우리가 여길 떠나는 것이겠죠. 나를 막을 만한 좋은 아이디어가 떠오르지 않는다면 오늘 그녀를 데리고 갈 겁니다. 그런데 혹시나… 당신도 내 여동생을 좋아한다면? 만약 그렇다면 굳이 그녀를 데리고 갈 필요가 없지 않을까 하는 생각이 들었습니다. 그래서 부끄러움을 무릅쓰고… 게다가 나도 뭔가 느낀 게 있기에… 결심했습니다…. 당신에게 물어봐야겠다고요."
불쌍한 가긴이 당혹스러워하며 말을 멈췄습니다. "용서해주십시오. 저도 이런 곤란한 상황은 처음이라."

나는 그의 손을 잡았습니다.

"궁금하시다는 거죠." 내가 단호한 목소리로 말했습니다. "내가 당신 여동생을 좋아하는지? 저는 그녀를 좋아합니다…."

가긴이 나를 슬쩍 쳐다보았습니다. "하지만." 그가 말을 더듬었습니다. "그 애와 결혼하고 싶은 건 아니죠, 그렇죠?"

"내가 뭐라고 대답을 할 수 있겠어요? 스스로에게 물어보십시오. 내가 지금 대답을…."

"알겠습니다, 알겠습니다!" 그가 끼어들었습니다. "제게 대답을

짝사랑 183

요구할 권리는 없지요. 그리고 제 질문도 너무 무례했고요… 하지만 내가 어떻게 해야겠습니까? 당신은 그 애를 가지고 놀면 안 됩니다. 당신은 아샤를 몰라요. 그 애는 갑자기 아플 수도 있고, 달아날 수도 있고, 당신과 만나기로 약속을 할 수도 있습니다…. 다른 여자애라면 모든 걸 숨기고 기다리겠지만… 아샤는 아닙니다. 아샤는 이런 일이 처음입니다. 그래서 문제예요. 오늘 내 발을 붙잡고 우는 그 애의 모습을 봤더라면 내가 왜 이렇게 두려워하는지 당신도 이해할 겁니다."

나는 곰곰이 생각했습니다. '당신과 만나기로 약속할 수도' 있다는 가긴의 말이 가슴에 꽂혔습니다. 솔직하게 말하는 그에게 똑같이 솔직한 대답을 해주지 않으면 적절하지 못할 것 같았습니다.

"맞습니다." 결국 내가 말했습니다. "당신 말이 맞아요. 한 시간 전 당신 여동생으로부터 편지를 받았습니다. 여기 있어요."

가긴은 쪽지를 받아들고 빠르게 내용을 훑어보더니 두 손을 무릎 위로 떨구었습니다. 그의 놀란 표정이 굉장히 웃겼지만 나는 웃을 기분이 아니었습니다.

"제가 당신은 훌륭한 분이라고 말했었지요. 역시나 그러시군요." 그가 내게 말했습니다. "하지만 이제 어떻게 해야 할까요? 뭘 해야 하나요? 아샤는 이곳을 떠나길 원하면서, 또 당신에게는 편지를 쓰고, 경솔함을 자책하고 있습니다…. 도대체 언제 짬을 내서 편지를 쓴 걸까요? 당신에게 뭘 바라는 걸까요?"

나는 그를 진정시켰습니다. 그리고 뭘 해야 할지 최대한 차분하게 토론을 하기 시작했습니다.

그리하여 마침내 결론을 내렸습니다. 더 큰 참사를 막기 위하여 내가 아샤와 만나서 솔직한 대화를 나눠야겠다고요. 가긴은 집에 머물며 아샤가 쓴 편지에 대해서는 모르는 척하기로 약속했습니다. 그리고 저녁에 다시 만나기로 했지요.

"당신을 믿습니다." 가긴이 내 손을 꼭 잡으며 말했습니다. "부디 아샤에게, 그리고 저에게 인정을 베풀어주십시오. 어쨌든 우리는 내일 떠날 테니까요." 그가 일어나며 이렇게 덧붙였습니다. "어차피 당신은 그녀와 결혼을 하지 않을 테니까요, 그렇죠?"

"저녁때까지 시간을 주십시오." 내가 말했습니다.

"잘 알겠어요. 하지만 그녀와 결혼은 안 할 거잖아요."

그가 떠나자 나는 소파에 털썩 주저앉아 눈을 감았습니다. 머리가 빙글빙글 도는 것 같았습니다. 수많은 새로운 생각들이 억지로 머리에 들어오자 뇌가 혼란에 빠진 것 같았어요. 나는 가긴의 솔직함에 화가 났습니다. 아샤에게도 화가 났습니다. 그녀의 애정이 나를 기쁘게 하는 동시에 당황스럽게 만들었거든요. 난 어째서 그녀가 오빠에게 모든 걸 털어놓았는지 이해할 수가 없었습니다. 아주 빠르게, 거의 즉각적으로 결정을 내려야 한다는 사실이 고통스러웠습니다….

"그런 성미를 지닌 열일곱 살 여자애와 결혼을?" 나는 소파에서 일어서며 말했습니다. "내가 어떻게?"

15

나는 약속된 시간에 맞춰 배를 타고 라인강을 건넜습니다. 반대편 강둑에서 처음 만난 사람은 아침에 찾아왔던 어린 소년이었지요. 보아하니 나를 기다리고 있었던 모양입니다.

"안네트 씨가 보낸 거예요." 그가 조용히 속삭이며 또 다른 쪽지를 건넸습니다.

아샤는 내게 만날 장소가 바뀌었다고 알려주었습니다. 한 시간 반 안에 예배당이 아니라 루이제 부인의 집으로 오라고 했지요. 그리고 길가에 있는 문을 노크한 뒤 삼 층으로 올라오라고요.

"이번에도 '알겠다'인가요?" 소년이 내게 물었습니다.

"맞아." 난 대답을 한 뒤 라인강 강둑을 따라 걷기 시작했습니다. 다시 집으로 돌아가기에는 시간이 충분하지 않았고, 거리를 돌아다니고 싶지도 않았기 때문입니다. 성벽 너머에는 지붕 달린 볼링장과 맥주 마시는 사람들을 위한 탁자가 있는 작은 공원이 있었습니다. 난 거기로 갔습니다. 두세 명의 중년 독일인들이 볼링 게임을 하고 있었습니다. 나무 공이 시끄럽게 굴러다니고 이따금 감탄의 외침이 들렸습니다. 울어서 눈이 빨개진 예쁜 여자 종업원이 맥주 한 잔을 갖다주었습니다. 내가 그녀의 얼굴을 쳐다보자, 그녀는 급히 고개를 돌리고 내 곁을 떠났습니다.

"그래, 그렇지." 내 옆에 앉은 볼이 붉고 땅딸막한 사내가 말했습니다. "우리 한헨이 오늘 기분이 아주 안 좋아. 애인이 군대를 갔거든." 나는 그녀를 바라보았습니다. 그녀는 구석에 서서 주먹으로 볼을 괴고 있었습니다. 손가락 사이로 눈물이 주룩주룩 흘렀지요. 그녀는 누군가 맥주를 주문하자 곧바로 잔을 가져다주고는 다시 원래 자리로 돌아갔습니다. 그녀의 슬픔이 내게도 옮은 것인지, 다가올 만남을 생각하니 자꾸만 심란하고 걱정스러운 생각만 떠올랐습니다. 나는 무거운 마음으로 만남을 기다렸습니다. 내가 그녀와 만나러 가는 것은 서로를 향한 사랑의 기쁨에 굴복해서가 아니라, 내가 한 말을 지키기 위해서, 힘든 의무를 다하기 위해서였습니다. "그 애를 가지고 놀면 안 됩니다." 가긴의 말이 화살처럼 심장에 꽂혔습니다. 불과 나흘 전만 해도 나는 물살에 떠밀려가는 나룻배 안에서 행복에 대한 갈망으로 가득 차 있지 않았던가요? 막상 행복을 손에 넣을 수 있게 되자 나는 망설이며 그것을 밀어냈습니다. 어쩔 수 없이 밀어낼 수밖에 없었습니다…. 너무나 갑작스러워 혼란에 빠졌으니까요. 그리고 아샤, 이 매력적이지만 신기한 존재, 성격 급하고, 심상치 않은 과거와 양육 방식을 경험한 존재에게, 그래요, 나는 많이 놀랐습니다. 서로 상충하는 감정들이 내 안에서 서로 우위를 놓고 오랫동안 싸우고 있었습니다. 약속된 시간이 다가왔습니다. "난 그녀와 결혼할 수 없어." 마침내 나는 결심했습니다. "나도 그녀를 사랑한다는 사실을 그녀는 모를 거야."

나는 자리에서 일어나 불쌍한 한혠의 손에 은화 하나를 쥐어주고(그녀는 고맙다고도 하지 않았습니다.) 루이제 부인의 집으로 출발했습니다. 벌써 저녁 그림자가 드리워져 있었습니다. 어두운 골목 너머 좁다랗게 보이는 하늘이 노을빛에 반사되어 진홍색으로 보였습니다. 조용히 노크를 하자 문이 바로 열렸습니다. 문턱을 넘자 안은 완전히 캄캄하더군요.

"이쪽입니다." 늙은 여자의 목소리였습니다. "당신을 기다리고 있어요."

목소리가 들리는 쪽으로 한두 발짝 다가가자, 앙상한 손이 내 손을 잡았습니다.

"루이제 부인이신가요?" 내가 물었습니다.

"맞아요." 같은 목소리가 대답했습니다. "맞아요, 멋진 젊은이, 내가 루이제요." 늙은 부인은 나를 데리고 가파른 계단을 오르더니 삼 층 층계참에서 멈췄습니다. 조그만 창문으로 들어온 희미한 빛을 통해 시장 미망인의 쪼글쪼글한 얼굴을 볼 수 있었습니다. 그녀는 움푹 들어간 입술에 미소를 짓고 게슴츠레한 눈으로 나를 똑바로 쳐다보더니 작은 문을 가리켰습니다. 내가 떨리는 손으로 문을 열고 들어가자 쿵 하고 문이 저절로 닫혔지요.

16

내가 들어간 작은 방은 꽤나 어두워서 아샤를 한 번에 알아보지 못했습니다. 그녀는 몸이 다 숨겨질 정도로 커다란 숄을 두른 채 창가에 있는 의자에 앉아 있다가 머리를 돌렸습니다. 그 모습이 마치 겁먹은 새 같았지요. 그녀는 숨을 가쁘게 쉬며 벌벌 떨고 있었습니다. 형언할 수 없는 연민이 느껴지더군요. 나는 그녀에게 다가갔습니다. 그녀가 머리를 저쪽으로 돌리며 나를 피했습니다….

"안나 니콜라예브나." 내가 말했습니다.

그녀는 몸을 세우고 나를 보려고 했지만 차마 그러지 못했습니다. 나는 그녀의 손을 잡았습니다. 너무나 차가운 손이 내 손바닥 위에 힘없이 놓였습니다.

"사실은." 그녀가 입을 열었습니다. 그녀는 미소를 지으려 했지만 창백한 입술이 그녀의 말을 듣지 않았습니다. "사실 어떻게 된 일이냐면… 아니, 못 하겠어요!" 그녀는 이렇게 소리 지르고는 더 이상 말을 하지 않았습니다. 실제로 그녀는 모든 단어를 제대로 말하지 못했습니다. 나는 그녀 옆에 앉았습니다.

"안나 니콜라예브나." 나는 다시 한번 그녀의 이름을 불렀지만, 역시나 입이 떨어지지 않았습니다.

침묵이 흘렀습니다. 나는 그녀의 손을 잡고 앉아서 그녀를 바라보았습니다. 그녀는 숄을 두르고 움츠린 채 힘겹게 숨을 내쉬고 있었습니다. 그리고 울지 않기 위해, 차오르는 눈물을 삼키기 위해 아랫입술을 꽉 깨물고 있었지요. 나는 그녀를 바라보았습니다. 소심하게 꼼짝하지 않고 있는 모습이 가엽고도 무력해 보였습니다. 마치 너무 지친 나머지 가까스로 의자에 다가가 그대로 쓰러진 것처럼 보였습니다. 내 심장이 녹아내리는 것 같은 기분이었습니다.

"아샤." 거의 들리지도 않을 것 같은 목소리로 말했습니다….

그녀가 천천히 눈을 들어 내 얼굴을 바라보았습니다…. 오, 사랑에 빠진 여자의 눈길! 그 누가 이걸 말로 묘사할 수 있을까요? 두 눈은 애원했습니다. 두 눈은 신뢰하고 있었고, 질문을 던지고 있었으며, 굴복하고 있었습니다…. 난 그 매력을 견딜 수가 없었습니다. 가느다란 불꽃이 마치 바늘처럼 내 혈관을 찔렀습니다. 난 몸을 숙여 그녀의 손에 내 입술을 갖다댔습니다. 망설이는 듯한 소리, 떨리는 한숨 소리 같은 것이 귓가에 들렸습니다. 그리고 나뭇잎처럼 떨리는 손이 내 머리카락에 살짝 닿는 느낌도 나더군요. 난 고개를 들어 그녀의 얼굴을 바라보았습니다. 그녀의 얼굴이 갑작스럽게 확 변했습니다! 두려워하던 표정은 싹 사라졌어요. 그리고 그녀의 시선이 내면 깊은 곳으로 후퇴하며 나까지 끌어당기는 듯했습니다. 입술은 살짝 벌어졌고, 눈썹은 대리석처럼 옅은 색이었으며, 곱슬머리는 바람을 맞은 것처럼 뒤로 넘겨졌습니다. 난 모든 걸 잊고 그녀를 내게 끌어당겼습니다. 그녀의 손이 순순히 내 쪽으로 당겨졌고 뒤이어 몸 전체가 끌려왔습니다. 어깨에 두른 숄이 떨어지고, 그녀의 머리가 내 가슴팍에 조용히 얹혔습니다. 내 불타는 입술 바로 아래에 말이지요…

"당신 거예요." 그녀가 들릴 듯 말 듯한 소리로 속삭였습니다.

나의 손이 그녀의 허리로 미끄러져 내려갔습니다…. 그런데 갑자기 가진 생각이 번개처럼 번뜩 떠올랐습니다. "우리가 지금 뭘 하는 거죠?" 내가 소리를 치며 뒤로 물러났습니다. "당신 오빠가… 다 알고 있어요. 내가 당신을 만나러 온 것도 다 알고 있단 말입니다."

아샤가 의자에 털썩 기댔습니다.

"그래요." 나는 일어서서 방 반대편 구석으로 걸어갔습니다. "당신 오빠가 다 알고 있어요… 그에게 전부 다 말해야만 했어요…."

"말해야만 했다고요?" 그녀가 뭉개진 말투로 되물었습니다. 그녀는 아직 정신을 차리지 못한 것 같았고, 내가 하는 말을 제대로 이해하지 못하는 듯했습니다.

"맞아요." 나는 왜인지 격한 말투로 대답했습니다. "그리고 이건 다 당신 잘못이에요! 왜 모든 비밀을 드러내야 했나요? 왜 오빠에게 모든 걸 털어놓은 거예요? 오늘 그가 나를 찾아와서 당신이 그에게 한 말을 다 전해줬습니다." 난 아샤의 눈을 피하며 방 안을 이리저리 걷기 시작했습니다. "이제 다 망했어요, 전부 다요!"

아사가 자리에서 일어서려고 했습니다.

"앉아요!" 내가 소리쳤습니다. "제발 앉아요. 당신은 지금 존경받는 남자를 상대하고 있습니다. 그래요, 존경받는 남자요. 제발 말해보세요. 도대체 무엇이 당신을 그토록 속상하게 만든 건가

짝사랑 191

요? 내게서 어떤 변화라도 눈치챈 건가요? 당신 오빠가 날 보러 왔을 때 난 진실을 숨길 수가 없었습니다."

'내가 지금 무슨 소리를 하는 거지?' 나는 속으로 말했습니다. 그리고 나 자신이 잔인한 사기꾼이라는 생각, 가긴이 우리의 만남에 대해 다 알고 있다는 생각, 모든 게 다 일그러지고 폭로되었다는 생각에 머리가 어지러워졌습니다.

"내가 오빠를 보낸 게 아니에요." 아샤가 겁에 질린 듯 속삭이는 목소리로 말했습니다. "그가 혼자 찾아간 거라고요."

"당신이 저지른 짓을 보세요!" 나는 계속 말했습니다. "이래 놓고 자기는 여기를 떠나고 싶다고 하다니…."

"네, 저는 떠나야만 해요." 그녀가 예전처럼 부드러운 목소리로 말했습니다. "그래서 당신께 여길 와달라고 한 거예요. 작별 인사를 하고 싶었거든요."

"그럼 당신은 내가 당신과 쉽게 헤어질 거라고 생각한 건가요?"

"그런데 왜 우리 오빠에게 말한 거죠?" 아샤가 얼떨떨한 목소리로 물었습니다.

"어쩔 수 없었다고 했잖아요. 당신이 모든 걸 다 털어놓지만 않았어도…."

"난 내 방에서 문을 걸어 잠그고 있었어요." 그녀가 담담하게 말했습니다. "주인아주머니에게 열쇠가 또 있는 줄은 몰랐어요."

그 순간 그녀의 입에서 튀어나온 이 꾸밈없는 말에 나는 화가 날 지경이었습니다…. 지금은 생각만 해도 감동이 밀려오지만요. 불쌍하고 솔직하며 진실한 어린아이 같으니!

"이제 모든 게 끝났습니다." 내가 다시 말을 시작했습니다. "모든 게 다요. 이제 우린 헤어져야 합니다." 나는 아샤를 흘깃 쳐다보았습니다. 그녀가 갑자기 얼굴을 붉혔습니다. 갑자기 창피하면서도 불안해졌다는 걸 알 수 있었습니다. 나는 이리저리 걸으며 열에 들뜬 듯 말했습니다. "당신은 이제 막 시작된 감정이 무르익도록 내버려두질 않았어요. 당신이 우리 사이의 인연을 직접 끊어버렸다고요. 당신은 날 믿지 못했고, 날 의심했어요…."

내가 말을 하는 사이 아샤는 점점 더 앞으로 몸을 숙이더니, 급기야 두 손에 얼굴을 묻은 채 털썩 무릎을 꿇고 앉아 흐느꼈습니다. 곧장 달려가 그녀를 일으켜 세우려 했지만 그녀가 거부했어요. 난 여자가 우는 모습을 견딜 수가 없어요. 완전히 당황해서 허둥댄단 말이죠.

"안나 니콜라예브나, 아샤. 제발 부탁합니다, 울음을 멈춰주세요…." 난 다시 그녀의 손을 잡았습니다….

그런데 너무나 놀랍게도 그녀가 갑자기 벌떡 일어서더니 번개같이 빠른 속도로 문을 박차고 나가서 사라진 겁니다.

몇 분 뒤 루이제 부인이 방으로 들어왔을 때, 난 여전히 방 한가운데에 서 있었습니다. 마치 벼락에 맞은 사람처럼 말이지요. 난 이 만남이 어쩌다 이렇게 빨리, 어쩌다 이렇게 서투르게 끝나버린 것인지 이해가 되지 않았습니다. 해야 할 말의 백 분의 일도 하지 못했고, 이제 무슨 일이 일어날지조차 모르겠는데 말입니다….

"안네트 양은 떠난 건가요?" 엷은 갈색 눈썹이 가발에 닿을 정도로 눈썹을 치켜올린 채 루이제 부인이 물었습니다.

난 멍하니 그녀를 쳐다보고는 그곳을 떠났습니다.

17

나는 곧장 도시를 벗어나 널따란 들판이 나올 때까지 걸었습니다. 나는 격렬한 분노에 휩싸였습니다…. 난 나 자신에게 비난을 퍼부었습니다. 어째서 나는 아샤가 만남의 장소를 바꿀 수밖에 없었던 이유를, 늙은 부인을 찾아갈 수밖에 없었던 이유를 헤아리지 못했던 걸까요? 나는 왜 떠나가는 그녀를 막지 못했던 걸까요? 컴컴한 방에 그녀와 함께 있을 때에는 그녀를 거부할, 심지어 그녀를 비난할 용기와 힘이 있었습니다…. 그런데 지금은 그녀의 모습이 나를 계속 쫓아와 오히려 내가 그녀에게 용서를 구하고 있습니다. 그 창백한 얼굴, 주저하는 젖은 눈, 숙인 목 위로 힘없이 흘러내린 머리카락, 내 가슴에 닿던 머리의 가벼운 감촉이 나를 화끈거리게 만드는 것 같았습니다. "당신 거예요…." 그 속삭이던 목소리가 또다시 들렸습니다…. "나는 양심의 지시를 따른 것뿐이야." 나는 확신했습니다…. 하지만 그건 사실이 아니었어요. 이것이 내가 바라던 마무리였을까요? 나는 그녀와 헤어질 수 있을까요? 그녀를 잃고 내가 견딜 수 있을까요? "미쳤어, 미쳤다고!" 나는 비통해하며 거듭 말했습니다….

그사이 밤이 깊어지고, 나는 아샤가 지내던 집을 향해 걸어갔습니다.

18

가긴이 나와 있었습니다.

"여동생을 만났습니까?" 그가 멀리서부터 물었습니다.

"지금 집에 없나요?" 내가 물었습니다.

"없습니다."

"돌아오지 않았다고요?"

"네, 저를 용서하세요." 가긴이 말을 이어갔습니다. "하지만 어쩔 수 없었어요. 우리의 약속을 어기고 제가 예배당으로 나갔습니다. 그런데 그녀가 없더군요. 아예 나오지 않았던 것 같아요."

"그녀는 예배당에 없었습니다."

"그럼 그녀를 만나지 않은 건가요?"

나는 그녀와 만났다는 사실을 인정할 수밖에 없었습니다.

"어디에서요?"

"루이제 부인의 집에서요. 한 시간 전에 헤어졌습니다." 내가 덧붙였습니다. "난 집으로 돌아간 줄 알았습니다."
"기다려보죠." 가긴이 말했습니다.
우리는 집으로 들어가 나란히 앉았습니다. 서로 아무런 말이 없었습니다. 둘 다 굉장히 어색했습니다. 우린 귀를 쫑긋 세운 채 계속해서 위를 올려다보기도 하고, 문 쪽을 흘깃거리기도 했습니다. 결국 가긴이 일어섰습니다.
"이건 말이 안 됩니다!" 그가 소리쳤습니다. "뭘 어떻게 해야 할지 모르겠군요. 그 애가 나를 죽일 셈인가 봅니다, 이러다 죽겠어요… 나가서 그녀를 찾아봅시다."
우리는 밖으로 나갔습니다. 이제 제법 캄캄해졌더군요.
"무슨 이야기를 나누었습니까?" 가긴이 모자를 눈썹까지 끌어당기며 물었습니다.
"우린 겨우 오 분 정도 같이 있었습니다. 그리고 우리가 합의한 내용만 말했습니다." 내가 말했습니다.
"이쯤에서 흩어지는 게 좋겠습니다. 그래야 그녀를 찾을 가능성이 더 높아요. 어쨌든 한 시간 후에 여기서 다시 만나죠."

19

나는 포도밭으로 향하는 비탈길을 달려서 내려간 뒤 서둘러 도시로 갔습니다. 나는 빠르게 거리를 돌아다니며 구석구석을 살폈고, 심지어 루이제 부인의 집 창문도 들여다보았다가, 다시 라인강으로 돌아와 강둑을 따라 달렸습니다…. 이따금 여자들의 모습이 눈에 띄기는 했지만 아샤는 어디에서도 찾아볼 수 없었습니다. 나를 집어삼킨 건 더 이상 짜증이 아니었습니다. 나는 은근한 공포에 고통받았습니다. 그렇다고 내가 느낀 게 공포가 전부는 아니었어요. 나는 회한, 불타는 후회, 사랑을 느끼고 있었습니다. 그래요, 세상에서 가장 다정한 사랑 말입니다! 초조해진 나는 두 손을 비벼대며 밤이 깊어가는 어둠 속에서 그녀의 이름을 불렀습니다. 처음엔 나 혼자만 들릴 정도로, 그러다 점점 더 큰 목소리로 말입니다. 난 그녀를 사랑한다는 말을 백 번쯤 되뇌면서, 다시는 그녀와 헤어지지 않겠다고 다짐했습니다. 그녀의 차가운 손을 다시 잡고, 그녀의 낮은 목소리를 다시 듣고, 그녀를 눈앞에서 다시 볼 수만 있다면 세상 모든 것을 바치리라 생각했습니다…. 그녀는 내게 너무나 가까이 다가왔고, 큰 결심을 한 채, 천진난만함과 격정으로 무장한 채 내게로 왔으며, 나에게 때 묻지 않은 젊음을 선사했습니다…. 그런데 나는 그녀를 내 가슴으로 힘껏 안아주지도 않았고, 기쁨과 황홀한 침묵으로 빛나는 그 예쁜 얼굴을 바라볼 수 있는 행운도 스스로 걷어차 버렸습니다…. 이런 생각을 하고 있자니 미친 것 같더군요.

"도대체 어디로 갔단 말인가? 혼자서 무슨 일을 할 수 있단 말인가?" 나는 무력한 절망에 빠져 소리쳤습니다…. 그때 갑자기 무언가 하얀 것이 강가에 나타났습니다. 난 그 장소를 알고 있었어요. 칠십 년 전 물에 빠져 자살한 남자의 무덤이 있는 곳이었지요. 그곳엔 옛날식으로 묘비명이 새겨져 있는 돌 십자가가 반쯤 땅에 묻힌 채 서 있었습니다. 심장이 거의 멎을 것 같았어요… 난 그 십자가 쪽으로 달려갔습니다. 하지만 그 하얀 무언가는 이미 사라지고 없었습니다. "아샤!" 나는 소리쳤습니다. 거친 내 목소리에 나 스스로도 놀랐습니다만, 대답하는 사람은 아무도 없었습니다….
난 가긴이 아샤를 찾았는지 확인하러 가보기로 했습니다.

20

포도밭에 난 길을 따라 부리나케 걷다보니 아샤의 방에 불이 들어온 걸 확인할 수 있었습니다…. 조금이나마 진정이 되더군요. 나는 집으로 올라갔습니다. 현관문에 빗장이 쳐져 있었지요. 내가 노크를 하자, 불이 꺼져 있던 아래층 창문이 조심스레 열리더니 가긴이 머리를 내밀었습니다.
"그녀를 찾았습니까?" 내가 물었습니다.
"돌아왔습니다." 그가 속삭이듯 대답했습니다. "지금 자기 방에서 옷을 갈아입고 있습니다. 무사합니다."
"정말 다행입니다!" 나는 말로 다할 수 없는 안도감과 기쁨에 소리를 질렀습니다. "너무 기쁘군요! 이제 모든 게 더할 나위 없겠군요. 하지만 우리에겐 아직 할 이야기가 남아 있지 않나요?"

"다음에 하시죠." 그가 창문을 자기 쪽으로 조용히 잡아당기며 말했습니다. "다음에 해요, 지금은 조심히 돌아가시고요."

"그럼, 내일 뵙죠." 내가 말했습니다. "내일이면 모든 게 결정 날 테니까요."

"안녕히 가세요!" 가긴의 인사와 함께 창문이 닫혔습니다.

나는 하마터면 창문을 두드릴 뻔했습니다. 여동생에게 청혼하고 싶다고 그에게 말할 준비가 되어 있었거든요. 하지만 지금은 그런 이야기를 할 상황이 아닌 것 같았습니다…. "내일까지만 참자." 나는 생각했습니다. "내일이면 나도 행복해질 거야."

내일 나는 행복해지기로 했습니다. 하지만 행복에는 내일도, 어제도 없는 법입니다. 행복은 과거를 기억하지 않고, 미래에 대해서도 생각하지 않으니까요. 행복은 오로지 현재만 있습니다. 그것도 하루 종일이 아니라, 그 순간만 말이죠.

Z시로 어떻게 돌아갔는지 기억이 나지 않습니다. 내 다리가 날 데려다준 것도 아니었고, 나룻배가 날 실어다준 것도 아니었습니다. 넓적하고 힘센 날개가 두둥실 나를 옮겨주었습니다. 나는 나이팅게일이 노래하는 덤불을 지나다, 한참 동안 새 소리를 들으며 서 있었습니다. 새가 나의 사랑, 나의 행복을 노래하는 것 같았습니다.

21

다음 날 아침 익숙한 그 집으로 다가가던 나는 모든 창문과 문이 활짝 열려 있다는 사실에 크게 충격을 받았습니다. 집 앞에는 종잇조각도 몇 개 떨어져 있었습니다. 마침 하녀 한 명이 빗자루를 들고 문간에 나타났습니다.

난 그녀에게 다가갔습니다….

"다들 가셨어요." 내가 가긴이 집에 있는지 묻기도 전에 그녀가 불쑥 말했습니다.

"갔다고요?" 내가 되물었습니다. "그게 무슨 뜻이죠? 어디로 갔단 말입니까?"

"오늘 아침 여섯 시에 떠나셨어요. 어디로 가는지는 말씀 안 하셨고요. 잠시만요, 당신이 N씨인가요?"

"맞습니다."

"당신께 드릴 편지를 주인아주머니에게 맡겨두셨어요."

하녀는 위층으로 올라가더니 편지를 가지고 다시 돌아왔습니다. "당신 거예요."

"이럴 수가… 어떻게…." 내가 무심결에 말했습니다. 하녀는 멍하니 나를 쳐다보더니 다시 비질을 시작했지요.

나는 편지를 열어보았습니다. 가긴이 쓴 편지였습니다. 아샤가 쓴 글자는 하나도 없더군요. 그는 갑작스럽게 떠나는 것에 대해 화내지 말아달라는 말로 편지를 시작했습니다. 그는 충분히 고민해본다면 나 역시 그의 결정에 동의할 거라고 확신하고 있었습니다. 그는 곤란하고도 위험할 수도 있는 이 상황에서 벗어날 다른 방법을 찾지 못했던 것이겠지요. "어젯밤." 그가 편지에서 이렇게 말했습니다. "우리 둘이 아샤를 기다리며 조용히 앉아 있는 동안, 나는 마침내 이곳을 떠나야겠다고 확신했습니다. 저도 어떤 편견은 존중합니다. 그래서 당신이 아샤와 결혼할 수 없다는 것도 이해합니다. 아샤는 내게 모든 걸 말해주었습니다. 나는 그녀의 반복적이고 진지한 요청에 응함으로써 그녀를 진정시켜야만 했습니다." 그는 우리의 우정이 이렇게 빨리 끝나버린 것에 대해 유감을 표현하고, 내게 행운을 빌며 편지를 끝맺었습니다. 그리고 자기들은 잘 지낼 것이니 부디 찾으려 하지 말라고 간청했습니다.

"무슨 편견 말입니까?" 나는 그가 내 목소리를 들을 수 있기라도 한 듯 소리쳤습니다. "말도 안 돼요! 당신에게 무슨 권리가 있어서 내게서 그녀를 앗아간단 말입니까?" 나는 머리를 움켜쥐었습니다….

하녀가 주인아주머니에게 무어라 큰 소리로 외쳤습니다. 그 소리에 놀란 나는 정신을 차렸습니다. 순간 오로지 한 가지 생각만이 나를 사로잡았습니다. 그들을 찾아내겠다는, 무슨 수를 써서라도 그들을 찾아내겠다는 생각이었습니다. 나는 이 충격적인 사태에 그대로 항복할 수가 없었습니다. 이 문제에 대한 이런 식의 해결책을 받아들일 수가 없었습니다. 나는 주인아주머니로부터 그들이 아침 여섯 시에 증기선을 타고 라인강을 내려갔다는 사실을 알게 되었습니다. 나는 곧장 매표소로 갔습니다. 그리고 거기에서 두 사람이 쾰른행 표를 샀다는 이야기를 들었습니다. 나는 서둘러 집으로 돌아왔습니다. 얼른 짐을 챙겨 다음 배로 그들을 쫓아갈 생각이었지요. 집으로 가는 길목에 루이제 부인의 집이 있었습니다…. 갑자기 누군가 내 이름을 부르더군요. 고개를 들자 바로 어제 아샤를 만났던 그 방 창가에 시장의 미망인이 보였습니다. 그녀는 역겨운 미소를 지으며 나를 불렀습니다. 나는 고개를 돌리고 그냥 지나치려 했지만, 그녀가 내게 줄 것이 있다고 소리쳤습니다. 난 그 말에 가던 걸음을 멈추고 집 안으로 들어갔습니다. 그 방에 다시 들어갔을 때의 내 심정을 어떻게 말로 표현할 수 있을까요?

"당신이 직접 날 찾아오면 이걸 주려고 했어요." 늙은 여자가 조그만 쪽지를 보여주며 이야기를 시작했습니다. "하지만 당신은 착한 젊은이니까, 그냥 받아요."

난 쪽지를 건네받았습니다.

아주 조그만 종잇조각에 연필로 휘갈겨 쓴 내용은 다음과 같았습니다.

"안녕히 계세요, 우리는 결코 다시 만나지 못할 거예요. 자존심 때문에 떠나는 게 아닙니다. 내가 할 수 있는 게 이것뿐이기 때문이지요. 어제 당신 앞에서 울 때, 당신이 내게 한마디만 해주었더라면, 오로지 그 한마디만 있었더라면, 난 여기 남았을 겁니다. 하지만 당신은 그 말을 하지 않았죠. 모든 것이 최선을 위한 것임이 틀림없습니다…. 영원히 안녕!"

한마디… 오, 나는 제정신이 아니었습니다! 그 한마디… 하루 전날 눈물을 흘리며 읊조렸던 말, 공허한 허공에 대고 수없이 했던 말, 넓게 펼쳐진 들판에서 반복했던 말… 그 말을 그녀에게는 해주지 않았습니다. 나는 그녀를 사랑한다고 말하지 않았습니다…. 그때는 그 말을 할 수가 없었습니다. 운명을 결정지었던 그 방에서 그녀를 만났을 때에는 미처 내 안의 사랑에 대해 명확한 인식이 없었습니다. 그녀의 오빠와 함께 껄끄러운 침묵 속에 멍하니 앉아 있을 때조차도 그런 생각은 미처 떠오르지 않았습니다…. 잠시 후, 재난이 닥쳤다는 사실에 겁을 먹고 그녀의 이름을 부르며 그녀를 찾기 시작하고 나서야 억누를 수 없는 감정이 불타올랐습니다…. 하지만 그때는 이미 너무 늦었지요. "하지만 그건 말이 안 되잖아!" 사람들은 내게 이렇게 말하겠지요. 이게 가능한지 아닌지는 저도 모르겠습니다만 이게 사실이라는 것만은 알고 있습니다. 아샤가 조금이라도 애교를 부릴 줄 알았더라면, 자신이 잘못된 상황에 처했다고 생각하지 않았더라면 그녀는 결코 나를 떠나지 않았을 겁니다. 다른 여자라면 참고 견뎠을 것을 아샤는 견딜 수 없었던 것입니다. 나는 그걸 이해하지 못했습니다. 어두운 창가에서 가긴을 마지막으로 만났을 때 악의 화신은 내가 하려던 말을 저지했고, 다시 잡을 수도 있었던 마지막 희망마저 내 손에서 미끄러져 나갔습니다.

같은 날 나는 짐을 가지고 L시로 돌아와 쾰른으로 가는 증기선을 탔습니다. 배가 출발하자마자 결코 잊지 못할 장소들, 이곳의 거리들에 마음속으로 작별을 고하고 있는데 한헨을 발견했습니다. 그녀가 강둑에 있는 벤치에 앉아 있더군요. 그녀의 얼굴은 창백했지만 슬퍼 보이진 않았습니다. 그녀 옆에 서 있는 잘생긴 청년이 무어라 이야기를 하며 웃고 있었거든요. 그리고 라인강 건너, 나의 작은 성모 마리아 상이 오래된 물푸레나무의 짙은 나뭇잎 사이로 아쉬운 듯 밖을 내다보고 있었습니다.

22

쾰른에서 나는 가진 남매의 뒤를 쫓았습니다. 그들이 런던으로 갔다는 소식을 듣고 런던까지 따라갔습니다. 런던에서도 그들을 찾기 위해 온갖 노력을 다했지만 소용이 없었습니다. 나는 오랫동안 내 실패를 받아들이지 못한 채 계속해서 그들을 찾아다녔습니다. 하지만 언젠가는 그들을 찾을 수 있으리라는 모든 희망을 결국엔 포기해야만 했습니다.

그렇게 다시는 그들을 만나지 못했습니다. 아샤를 다시는 보지 못했죠. 가끔 아샤에 대한 모호한 소문이 들려오기는 했지만 그녀는 내게서 영영 사라졌습니다. 그녀가 살았는지 죽었는지조차 모르고 있답니다. 몇 해 전 외국에 나갔다가 객차 안에서 한 여인을 본 적이 있습니다. 결코 잊을 수 없는 그 얼굴이 선명하게 떠오르는 모습이었지요… 하지만 의심할 여지 없이 닮은 사람 때문에 속았던 게 분명합니다. 아샤는 내 인생에서 가장 행복했던 시절에 알았던 그 소녀의 모습 그대로 내 기억 속에 남아 있습니다. 나지막한 나무 의자에 웅크리고 앉아 있던 마지막 모습 그대로 말이지요.

하지만 내가 그녀 때문에 그렇게 오랫동안 슬퍼하지는 않았다는 걸 고백해야겠습니다. 아샤와 내가 맺어지지 않은 게 오히려 잘된 일이라고 생각하기도 했습니다. 나는 그녀와 같은 아내를 만났더라면 아마 행복하지 못했을 거라고 생각하며 스스로를 위로했습니다. 그때는 나도 어렸었지요. 너무나 짧고 너무나 빠르게 흘러갈 미래도 그때는 영원할 것처럼 느껴졌고요. "같은 일이 또 일어날 수 있을까? 대신 훨씬 더 멋지고, 훨씬 더 아름답게?" 나는 스스로에게 질문했습니다. 나는 다른 여러 여인들과도 친밀하게 지내기는 했지만 아샤가 내게 일깨워준 감정, 그 열렬하고 다정하며 심오한 감정을 다시 경험하지는 못했습니다. 나를 사랑스럽게 바라보던 그 눈빛을 그 누구도 대신하지 못했습니다. 어느 누가 내 가슴에 기댄들 내 심장이 그 달콤하고 즐거운 고통에 반응하겠습니까. 외로운 남자로서 고독한 삶을 살게 될 운명인 나는 끔찍한 세월에 지쳐가고 있습니다. 하지만 그녀가 준 쪽지와 그녀가 창밖으로 던졌던 시든 제라늄 가지는 아직도 신성한 유물처럼 간직하고 있습니다. 아직도 그 꽃가지에는 희미한 향이 남아 있습니다. 그리고 그걸 내게 주었던 그 손, 딱 한 번 입을 맞출 수 있었던 그 손은 아마 오래전부터 무덤 안에서 썩어가고 있는지도 모릅니다. 그리고 나 자신에게는 무슨 일이 일어났을까요? 그 행복하고 소란스러웠던 날들, 희망과 열망이 날개를 펼치고 있던 그 시절을 지나고 나에게 남은 것은 무엇일까요? 보잘것없는 꽃의 희미한 향기만이 인간의 모든 기쁨과 슬픔을 이겨냈습니다. 어쩌면 인간 그 자체보다 그 향기가 더 오래 살아남을지도 모르겠습니다.

(1858)

작가 연보

1818년 11일 9일(러시아 구력 10월 28일) 러시아의 오룔 지방 스파스코예에서 부유한 귀족의 둘째 아들로 태어나다.
1827년 모스크바로 이사하여 기숙학교에 입학하다.
1833년 모스크바대학교 철학부에 입학하다.
1834년 가족이 페테르부르크로 이사함에 따라 페테르부르크대학교 역사철학부로 전학하다. 아버지가 사망하다.
1837년 알렉산드르 푸시킨을 만나다. 페테르부르크대학교를 졸업하다.
1838년 베를린으로 유학을 떠나다. 베를린대학교에서 헤겔 철학을 공부하다.
1841년 러시아로 돌아오다. 10월에 미하일 바쿠닌의 영지를 방문하다.
1842년 페테르부르크대학교에서 박사 학위 논문 제출을 위한 철학과 라틴어 시험에 합격하다. 농노인 이바노바와의 사이에서 딸 폴리네트가 태어나다.
1843년 비평가 비사리온 벨린스키와 만나다. 서사시 〈파라샤〉를 발표하여 벨린스키의 호평을 받다. 내무성에서 근무를 시작하다. 프랑스 오페라 가수인 유부녀 폴린 비아르도를 만나 사랑에 빠지다.
1845년 내무성을 퇴직하고 창작 활동에 전념하다. 표도르 도스토옙스키를 만나다.

1847년　비아르도를 쫓아 유럽으로 가다. 《사냥꾼의 수기》 연작 중 첫 작품
　　　　인 〈호리와 칼리니치〉를 발표하다.
1848년　파리에서 혁명을 목격하다. 알렉산드르 게르첸과 만나다.
1850년　모스크바에서 어머니가 사망하다.
1852년　니콜라이 고골의 죽음을 애도하는 추도문을 썼다는 이유로 체포
　　　　되어 한 달 동안 구속되었다가 이후 스파스코예의 영지로 추방당
　　　　하다. 《사냥꾼의 수기》가 단행본으로 출간되다.
1854년　단편 〈무무〉를 발표하다.
1856년　장편 〈루딘〉을 발표하다. 단편 〈파우스트〉를 발표하다.
1858년　단편 〈짝사랑〉을 발표하다. 러시아로 돌아오다.
1859년　장편 〈귀족의 보금자리〉를 발표하다. 유럽으로 출국하다.
1860년　장편 〈전날 밤〉과 단편 〈첫사랑〉을 발표하다.
1861년　러시아의 농노 해방 선언문 발표 소식을 알게 되다. 러시아로 돌아
　　　　오다. 〈아버지와 아들〉을 완성하다. 다시 파리로 출국하다.
1862년　《러시아 통보》 2호에 〈아버지와 아들〉을 발표하다. 러시아에 돌아
　　　　오다.
1863년　비아르도 가족과 함께 독일 바덴바덴에 정착하다. 이후 8년 동안
　　　　러시아를 여섯 번 방문하다. 사망할 때까지 주로 유럽에서 지내면
　　　　서 러시아를 가끔 방문하는 식으로 생활하다.
1867년　장편 〈연기〉를 완성하여 《러시아 통보》 3호에 발표하다.
1870년　단편 〈초원의 리어 왕〉을 발표하다.
1871년　비아르도 가족을 따라 프랑스 부지발로 이사하여 죽을 때까지 그
　　　　곳에 살다.
1872년　중편 〈봄물〉을 발표하다.
1877년　마지막 장편 〈처녀지〉를 발표하다. 〈처녀지〉의 프랑스어 번역본이
　　　　거의 동시에 출판되다.
1879년　농노 해방을 위한 공로를 인정받아 옥스퍼드대학교에서 명예 법학

박사 학위를 받다.
1880년 '러시아 문학 애호가 협회'에서 푸시킨에 대한 연설을 하다.
1881년 마지막으로 고향을 방문하다.
1882년 척추 골수암으로 심한 통증을 느끼다. 《유럽 통보》 12호에 산문시 50편을 발표하다.
1883년 9월 3일(러시아 구력 8월 22일) 암으로 사망하다. 벨린스키 곁에 묻히고 싶다는 유언에 따라 페테르부르크의 볼코보 묘지에 안장되다.

첫사랑·짝사랑

초판 1쇄 인쇄 2025년 10월 13일
초판 1쇄 발행 2025년 10월 20일

지은이 이반 투르게네프
옮긴이 윤영
펴낸이 이효원
편집인 노현주
디자인 이용석(표지), 이수정(본문)
펴낸곳 올리버
출판등록 제395-2022-000125호
주소 경기도 고양시 덕양구 삼송로 222, 101동 305호(삼송동, 현대헤리엇)
전화 070-8279-7311   **팩스** 02-6008-0834
전자우편 tcbook@naver.com

ISBN 979-11-94381-61-7 04080
    979-11-89550-89-9 (세트)

이 책은 저작권법에 따라 보호받는 저작물이므로 무단 전재와 무단 복제를 금지하며,
이 책의 전부 또는 일부를 이용하려면 반드시 도서출판 올리버의 동의를 받아야 합니다.

* 값은 뒤표지에 있습니다.
* 잘못된 책은 구입하신 서점에서 바꾸어 드립니다.

* 도서출판 올리버는 탐나는책의 교양서 브랜드입니다.

올리버 세계교양전집 목록

01 **사람을 얻는 지혜** 발타자르 그라시안 지음 | 황선영 옮김

02 **자유론** 존 스튜어트 밀 지음 | 이현숙 옮김
서울대, 연세대, 고려대 선정 필독 교양서

03 **명상록** 마르쿠스 아우렐리우스 지음 | 김수진 옮김
하버드대, 옥스퍼드대, 시카고대 선정 필독 교양서

04 **군주론** 니콜로 마키아벨리 지음 | 민지현 옮김
하버드대, 옥스퍼드대, 서울대 선정 필독 교양서

05 **부는 어디에서 오는가** 월러스 워틀스 지음 | 김주리 옮김

06 **오 헨리 단편선** 오 헨리 지음 | 신예용 옮김

07 **좁은 문** 앙드레 지드 지음 | 김진형 옮김
노벨문학상을 수상한 20세기 프랑스 문학의 거장 앙드레 지드의 대표작, 국립중앙도서관 선정 고전 100선

08 **첫사랑·짝사랑** 이반 투르게네프 지음 | 윤영 옮김

09 **인간 실격** 다자이 오사무 지음 | 임지인 옮김

10 **사양** 다자이 오사무 지음 | 이재현 옮김

11 **이방인** 알베르 카뮈 지음 | 구영옥 옮김
1957년 노벨 문학상 수상 작가, 미국대학위원회 선정 SAT 추천도서

12 **동물 농장** 조지 오웰 지음 | 윤영 옮김
《타임》선정 '20세기 100대 영문 소설', 미국대학위원회 선정 SAT 추천도서

13 **도련님** 나쓰메 소세키 지음 | 임지인 옮김
서울대 선정 필독 교양서

14 **자기 신뢰·운명·개혁하는 인간** 랄프 왈도 에머슨 지음 | 공민희 옮김

15 **노인과 바다** 어니스트 헤밍웨이 지음 | 서나연 옮김
노벨 문학상 수상 작가, 1953년 퓰리처상 수상작

16 **소크라테스의 변명·크리톤·파이돈·향연** 플라톤 지음 | 최유경 옮김

17 **데미안** 헤르만 헤세 지음 | 이민정 옮김
노벨 문학상 수상 작가, 괴테상 수상 작가, 서울대 선정 필독서

18 **1984** 조지 오웰 지음 | 주정자 옮김
하버드대생이 가장 많이 읽는 책 20, 서울대 지원자들이 가장 많이 읽은 책 20

19 **톨스토이 단편선** 레프 니콜라예비치 톨스토이 지음 | 민지현 옮김

20 **군중심리** 귀스타브 르 봉 지음 | 최유경 옮김
《르몽드》선정, 세상을 바꾼 20권의 책

21 **유토피아** 토머스 모어 지음 | 김용준 옮김

22 **프랑켄슈타인** 메리 셸리 지음 | 윤영 옮김
미국대학위원회 선정 SAT 추천도서, 《뉴스위크》선정 세계 최고의 책 100선

23 **예언자** 칼릴 지브란 지음 | 김용준 옮김

24 **벤자민 버튼의 시간은 거꾸로 간다** F. 스콧 피츠제럴드 지음 | 이민정 옮김

25 **변신·시골 의사** 프란츠 카프카 지음 | 윤영 옮김
서울대 권장도서 100선, 미국대학위원회 선정 SAT 추천도서

26 **지킬 박사와 하이드 씨** 로버트 루이스 스티븐슨 지음 | 조진경 옮김
하버드대 신입생 권장도서, 《가디언》 선정 '모든 사람이 꼭 읽어야 할 책'

27 **싯다르타** 헤르만 헤세 지음 | 최유경 옮김
노벨 문학상 수상 작가, 괴테상 수상 작가, 서울대, 연세대, 고려대 선정 추천도서

28 **젊은 베르테르의 슬픔** 요한 볼프강 폰 괴테 지음 | 민지현 옮김

29 **수레바퀴 아래서** 헤르만 헤세 지음 | 정다은 옮김
노벨 문학상 수상 작가, 괴테상 수상 작가, 국립중앙도서관 선정 청소년 권장도서

30 **햄릿** 윌리엄 셰익스피어 지음 | 홍수연 옮김

31 **위대한 개츠비** F. 스콧 피츠제럴드 지음 | 정윤희 옮김
《타임》 선정 '20세기 100대 영문 소설', 미국대학위원회 선정 SAT 추천도서

32 **페스트** 알베르 카뮈 지음 | 구영옥 옮김
1957년 노벨 문학상 수상 작가, 국립중앙도서관 선정 청소년 권장도서

33 **시지프 신화** 알베르 카뮈 지음 | 신예용 옮김
1957년 노벨 문학상 수상 작가

34 **이반 일리치의 죽음** 레프 니콜라예비치 톨스토이 지음 | 정지현 옮김
노벨 연구소 선정 최고의 작품, 시카고 대학 그레이트 북스

35 **어린 왕자** 앙투안 드 생텍쥐페리 지음 | 이민정 옮김

36 **로미오와 줄리엣** 윌리엄 셰익스피어 지음 | 정지현 옮김
서울대 권장도서 100선, 미국대학위원회 선정 SAT 추천도서

37 **맥베스** 윌리엄 셰익스피어 지음 | 이현숙 옮김
서울대 권장도서 100선, 미국대학위원회 선정 SAT 추천도서

38 **체호프 단편선** 안톤 파블로비치 체호프 지음 | 홍수연 옮김
노벨연구소 선정 세계문학 100선, 1888년 푸시킨상 수상 작가

39 **오만과 편견** 제인 오스틴 지음 | 최유경 옮김
미국대학위원회 선정 SAT 추천도서, 《뉴스위크》 선정 세계 최고의 책 100선

40 **여름** 이디스 워튼 지음 | 주정자 옮김
최초의 여성 퓰리처상 수상 작가, 미국 문단에서 여성의 성장을 다룬 최초의 본격 문학

41 **걸리버 여행기** 조나단 스위프트 지음 | 강경숙 옮김
디스커버리 선정 '죽기 전에 읽어야 할 책 100권'

42 **오즈의 마법사** 라이먼 프랭크 바움 지음 | 김진형 옮김

43 **키다리 아저씨** 진 웹스터 지음 | 박영민 옮김

44 **이솝 우화집** 이솝 지음 | 서나연 옮김

45 **이상한 나라의 앨리스** 루이스 캐럴 지음 | 강경숙 옮김
더 가디언 선정 '100대 최고의 소설', BBC 선정 영국에서 가장 사랑받는 소설

46 **결혼·여름** 알베르 카뮈 지음 | 구영옥 옮김
1957년 노벨 문학상 수상 작가

47 **나는 고양이로소이다** 나쓰메 소세키 지음 | 임희선 옮김
서울대 권장도서 선정 작가